杉下右京のアリバイ

碇　卯人

朝日文庫

本書は二〇一四年七月、小社より刊行されたものです。

目次

杉下右京のアリバイ

第1話　奇術師の罠

1

ナショナル・ギャラリーでゆったりと

　美術鑑賞を楽しんだ杉下右京《すぎしたうきょう》は、ぽちぽちお茶の時間かなと思いながら、トラファルガー広場を見渡した。ときおり政治家が演説をしている場面に出くわすことがあるが、今日はそんなに騒がしくもない。もうじき開催されるロンドン・オリンピックのせいか、こころなし街が活気づいているように見える。いつもより少しだけ警察官の数が多いように感じるのは、なにか事件でも起こったのだろうか。

　気になることにはなんにでも首を突っ込むのがいい意味でも悪い意味でも右京の習性だったが、さすがに休暇中のロンドンでわざわざ面倒事に巻き込まれる必要もあるまい。そう考えて、おいしいアフタヌーン・ティーがいただけそうな店を物色していると、面倒事が向こうからやってきた。

「そこの日本人、そう、おまえだ。ちょっと話がある」

　横柄《おうへい》な物言いで声をかけてきたのは、体重百キロオーバーは堅いスキンヘッドの巨漢だった。

「おや、なにごとでしょう？　ぼくのほうにはとりたてて話すことはないのですがねえ」

右京に物おじする気配は微塵《みじん》もなかった。流暢《りゅうちょう》な英語であしらわれて、巨漢は顔を真っ赤にして身分証明書を提示した。

「おまえは何者だ？　名前は？」

「ウキョウ・スギシタと言います。なるほど、あなたはロンドン警視庁のエドガー・ヨハンセン巡査部長でしたか」

ヨハンセン巡査部長は意表を突く日本人の慇懃無礼《いんぎんぶれい》な態度に面喰《めんく》らったようすだったが、気を取り直すように空咳《からせき》をしてから高圧的な態度に出た。

「スギシタ、おまえは昨夜の二十時半から二十一時の間、どこでなにをしていた？」

「これはまたぶしつけな質問ですねえ。その時間はちょうどコヴェント・ガーデンのロイヤル・オペラハウスにいましたよ」

「オペラハウスだと？」

「ええ。オペラ鑑賞ですよ。昨夜の演目はヴェルディの『アイーダ』でした。開演が十九時で、上演時間は約二時間半。第二幕と第三幕の間に三十分の幕間の休憩が入り、カーテンコールが何回もあったため、オペラハウスを出たのは、二十三時の十五分くらい前だったと記憶しています」

右京の返答があまりにスムーズだったので、ヨハンセン巡査部長は出ばなをくじかれたようだった。

「やけに細かく記憶してるじゃないか。まるで最初からアリバイを準備していたみたいに聞こえるぜ。で、証人はいるのか？」

「残念ながら、ひとり旅の途中なものですからねえ。ぼくひとりで鑑賞していました」

ここまで気圧《けお》されていたヨハンセンが形勢を立て直す。

「それじゃあアリバイにはならないな。おっと、オペラの内容を説明しても無駄だぜ。昨夜でなくとも、それ以前に観《み》ておけば、ストーリーなんていくらでも覚えられるからな。ちょっと警察署までご同行願おうか」

「おやおや、アフタヌーン・ティーがだいなしですねえ」

右京は小さく肩をすくめたが、顔にはまんざらでもないような笑みが浮かんでいた。

てっきり所轄の警察署に行くのかと思っていると、連れていかれた先はロンドン警視庁の本部だった。もっとも本部庁舎のあるウエストミンスターはトラファルガー広場からそう離れていない。警察車両に乗っている時間もわずかに五分ほどだった。

スコットランド・ヤードの通称で知られるロンドン警視庁は、右京にとってはなじみの深い建物だった。日本の警察庁から派遣され、かつて三年間ほどここで研修を積んでいたことがあるのだ。

スコットランド・ヤードの歴史は一八二九年にさかのぼる。シャーロック・ホームズの理解者でもライバルでもあったレストレード警部や、エルキュール・ポアロと関連の深いジャップ警部、フェル博士の友人ハドリー警部など、スコットランド・ヤードの警察官はこれまで数知れぬほどのミステリーに登場してきた。小説内で幾度も描かれてきた赤レンガの風格ある建物は二代めの庁舎で、現在の三代めの庁舎はビッグ・ベンのそびえたつ国会議事堂からほど近い高層ビルだった。

取り調べ用の小部屋に連れていかれた右京が興味深そうに室内を眺めていると、ドアが開いて警察官がふたり入ってきた。ひとりは先ほどのスキンヘッドが威圧的なヨハンセン巡査部長、もうひとりは頭髪と眉毛に白いものが目立つずっと年かさの警察官だった。

「ハンブルビー警部!」

右京が立ち上がり、右手を差し出した。

「おお、これはスギシタ警部ではないですか」

年長の警察官は顔をほころばせ、右京と親しげに握手を交わした。ヨハンセンはそのようすをぽかんと眺めていた。

「警部、もしかしてこの日本人とお知り合いなんですか?」

「ああ」ハンブルビーは目を細めて微笑《ほほえ》むと、「こちらは日本の警視庁――日本におけるスコットランド・ヤードだな——の警部だ。むかしうちに研修に来られたことがあって、すっかり意気投合した仲だよ」

アダム・ハンブルビーは右京が研修で来ていたときに教官役として面倒をみてくれた人物だった。当時から温厚で人懐っこい性格だったが、歳《とし》を重ねて好々爺然《こうこうやぜん》とした印象が強まっていた。だが実際は怒らせると怖い優秀な刑事であることを右京はよく知っていた。

「その節はたいへんお世話になりました」右京が丁寧に腰を折る。「あのとき教えていただいた捜査術は、いまでも役立っています」

ハンブルビーは右京の褒めことばを笑顔で受け流すと、部下の巨漢の警察官に向き直った。

「おまえさん、またポカしたな。スギシタ警部が事件に関わっているはずないだろう！」

ヨハンセンは大きな体を縮めるようにして一応従順な姿勢を見せたが、それでも納得がいかなそうな顔つきは崩さず、写真を一枚取り出した。

「しかし、警部、これを見てください。ここに写っている人物、この男にそっくりだと思いませんか？」

動画の一部を写真に落としたものらしく、画質は粗かった。全体的に薄暗い背景の中央にシルクハットを被《かぶ》りマントを羽織った異様ないでたちの人物の上半身が写っていた。突然光を浴びせられて驚いたのか、メタルフレームの眼鏡の奥の目が大きく瞠《みは》られている。中年の東洋人の男性だった。顔立ちだけを見ると杉下右京に似ていないこともない。男はなぜか体をひねり、マントの背中部分が見えていた。そこには数字の7らしき文字が背番号よろしく書かれていた。

「なるほど、この写真が事件の証拠物件なのですね。そして、ぼくは写っている男性と間違えられた」

すばやく事情を察した右京が右手の人差し指を立て、そのまま写真の一点を指した。

「しかし、ここをよく見てください。こちらの男性の額には大きなほくろがあります。一方、ぼくのほうは、ご覧のとおりほくろなどありません」

右京が笑みを浮かべて、額を突き出す。ほくろはどこにも見当たらなかった。

「エドガー」ハンブルビー警部が呆《あき》れた声を出す。「まったくおまえさんはそそっかしいな。背景の植え込みから想像するに、シルクハットを差し引いても写真の男の身長は六フィート近い長身だろう。スギシタ警部は見てのとおりだ」

六フィートといえば百八十センチを超える。写真の男は右京よりも十センチ以上背が高そうだった。

「人違いですかね？」

いまだ半信半疑のヨハンセンに向かって、右京がきっぱり断言する。

「人違いです。なぜならぼくはこの人物を知っています」

「え、お知り合いなんですか？」

ハンブルビーが目を丸くする。右京は軽く首を横に振った。

「面識はありませんが、名前は知っています。ロイ堀之内《ほりのうち》、日本ではそこそこ名の通った奇術師です」

「ロイ？　ハーフなのですか？」

「いいえ、純粋な日本人だと思いますよ。ロイというのはステージ・ネームでしょう。たしか現在イギリスで公演中だったように記憶しています」

「なるほど。マジシャンであれば、マントにシルクハットという大仰な格好もわからなくはないですね。背中の数字は意味がわかりませんが。しかもいま、わが国にいるのならば、犯人はそのロイなんとかで決まったようなものです。スギシタ警部のおかげでスピード解決ですよ。エドガー、さっそくロイ……なんでしたっけ？」

「ロイ・ホリノウチ」

すかさず右京が助け船を出すと、ハンブルビーは発音しにくそうに復唱した。

「そのホリーノーチの足取りを探れ」

命令を受けた巡査部長が巨体を揺らしながら部屋から出て行ったところで、ロマンスグレーの警部が提案した。

「こうして偶然にも遠来の友と再会できたのです。どうです、お茶の時間にしようじゃありませんか」

およそ一時間後、ヨハンセンが戻ってきたときにも、日本と英国の警部はまだ昔話に花を咲かせているところだった。ヨハンセンは頭頂部から額にかけてを汗で光らせて、やや堅苦しい口調で報告した。

「とりあえず、わかったことをお伝えします。スギシタ警部のおっしゃったとおり、奇術師ロイはたしかに先週からわが国に滞在しています。被害者のマーチン・サイトウとのつながりも見えてきました。どうやら奇術師をわが国に呼んだのがサイトウらしいのです」

「ははあ。ふたりの間でなにかもめごとでもあったのかな」

ヨハンセンはハンカチを取り出して、頭の汗を拭《ふ》き、「可能性はありますが、まだそこまでは調べきれていません。ただ、もし奇術師がサイトウを殺したいほど憎んでいたとしても、やつには犯行は不可能だと思われます」

「不可能だって？　どういう意味だ？」

「昨夜の犯行当時、奇術師は舞台の真っ最中でした。その会場がなんとバーミンガムなんですよ」

「バーミンガムだと？」

　ハンブルビーの声のトーンが上がる。

　バーミンガムはイギリス第二の都市で、首都ロンドンから約百五十キロ離れている。スコットランド・ヤードの古株刑事が驚くのも無理はなかった。こうなると右京の好奇心がうずかないわけがない。

「なかなかおもしろそうなお話ですねえ。どのような事件だったのか、ひとつぼくにも教えてもらえませんか？」

　ヨハンセンがすぐさま反論する。

「部外者の外国人に教えられるはずないでしょう。しかも日本人が関わっている事件なんですから」

「見方を変えれば、日本人のぼくだからこそ気づくこともあるかもしれないではありませんか」

　まったく引こうとしない日本人の刑事の対応にヨハンセンが苦慮していると、上司が悪戯《いたずら》を思いついた少年のごとく目を輝かせた。

「いいじゃないか、エドガー。ここはひとつスギシタ警部にも協力してもらおう。捜査権はないので、あくまでアドバイザーという立場で。いかがですか、スギシタ警部？」

「もちろん、ぼくのほうは構いません」

「じゃあ、決まりだ。部長には私のほうから話を通しておくから、エドガー、まずは昨夜の事件についてスギシタ警部に説明してくれ」

「本当にいいんですか？」

堂々とした体格の巡査部長はいまも納得がいかないようだったが、上司に命じられれば従うしかなかった。ヨハンセンが気乗りしないようすで事件の概要をひととおり説明した。

被害者のマーチン・サイトウは日本人の父親とイギリス人の母親の間に生まれたイギリス国籍の実業家だった。独身で、享年は五十六。本業は不動産業で、ロンドンの一等地に建築した超高級マンションがあたり、一代にして莫大《ばくだい》な資産を手にした。あり余るほどの資産を手に入れてからは、本業の傍ら演劇やコンサートを行うイベント・ホールの運営にも乗り出した。

高級住宅地リンカーンズ・イン・フィールズの一画に建つ築三百年の歴史を持つ古い邸宅に住み、同居人は二十九歳のハウスキーパー、キャサリン・オーデルだけだった。そのハウスキーパーが事件の第一発見者となった。キャサリンは毎週一回、水曜日に休暇をもらっていた。昨日はちょうどその休日にあたっており、朝から外出した彼女が日頃の鬱憤《うっぷん》を晴らすべく一日中遊びまわって帰宅したのは二十三時を少し回った時刻だったという。

キャサリンが帰宅したとき、門扉《もんぴ》は施錠されておらず、わずかにすき間が開いていたらしい。主人のサイトウはいつも戸締まりにはうるさかったので不審に思いながら玄関へ進むと、そちらのドアもやはり開けっぱなしだった。ただごとではないと感じたハウスキーパーは怖《お》じ気《け》づきながら室内を見回り、書斎の机に上半身を投げ出すような格好で倒れていたサイトウを発見した。背中には見慣れない形状の短刀が突き立っており、いくら呼びかけても返事はなかったという。雇用主はすでに事切れているようだと見てとったキャサリンは震えながら警察に通報したのだった。

五分後、通報を受けて真っ先に駆けつけたのは、パトカーで近くを巡回していた制服警官パトリック・ワイルド巡査だった。警察官になって二年めのワイルドにとって殺人事件は初めての経験だった。まずは警察学校で習ったとおり、現場を保存するために書斎を立ち入り禁止にし、捜査員の加勢をよこすよう正式に依頼した。そのうえで独身者には広すぎる邸宅をざっと検《あらた》めた。その結果、邸内には誰も潜《ひそ》んでおらず、現場の書斎を含めて強盗に荒らされたような形跡はどこにもないことを見てとった。

ハンブルビー警部以下、殺人課の刑事の面々が到着したのは、ワイルド巡査が連絡してからおよそ十五分後のこと。検死の結果、マーチン・サイトウの死亡時刻は二十時三十分から二十一時の間、死因は背後から刺されたことによる失血性のショック死。凶器は背中の刃物で間違いなかった。鍔《つば》のない片刃の短刀が左肩甲骨の内側に刺さっていた。六インチ（約十五センチ）ほどの長さの刀身はその大半が体内に食い込んでおり、切っ先が心臓の左心室の壁を突き抜いていたのである。争ったようすがないため、物盗《ものと》りではなく知人による犯行が疑われた。

さらにキャサリンへ事情聴取を続けようとした刑事たちが呆気《あっけ》にとられる事態が起こった。自室に待機させたはずのキャサリンがぐったりして寝こんでしまったのだ。どうやらショックを受けてストレスにより体調を崩したようだった。

邸内の捜査を進めたところ、邸宅の玄関には自動録画機能のついたテレビドアフォンが設置されていることがわかった。さっそく録画記録を調べてみると、件《くだん》の画像が発見されたのだった。

「なるほど。そこで皆さんが人海戦術で目撃者を探していたところへ、ぼくがまんまと飛び込んできたというわけですね」

理解の早い右京が推理を働かせると、ヨハンセンは大きくうなずいた。

「手分けして聞き込みしているところにあなたが通りかかったんですよ。よく写真と照合もせずにしょっぴいてしまって、すみませんでした」

この期《ご》に及んでようやくヨハンセンが謝罪を口にした。

「ぼくが捕まったトラファルガー広場は現場のリンカーンズ・イン・フィールズから一

キロほどしか離れていません。懸命に手がかりを探しているところに、写真の人物とよく似た日本人が現れたのですから、早とちりしてもしかたありませんよ」

右京が寛容な態度を見せたので、ヨハンセンが抱いていたわだかまりは少し解消したようだった。巨漢の顔色が目に見えて晴れていく。

「いくつか質問をしてもよろしいでしょうか?」

右京の申し出を、ハンブルビーが認めた。

「どうぞ」

「ロイ堀之内の顔には光が当たっているように見えます。これはなぜでしょう?」

「ドアフォンにLEDライトがついているんですよ。暗くなってからドアフォンを押すとライトが点灯するから、夜間の訪問客でも顔がはっきり確認できるわけです。ロイ・ホリーノーチもドアフォンを押したら突然ライトが点灯したので、驚いているのでしょう」

「なるほど。ちなみに映像の録画時間はどのくらいでしたか?」

「実物を見ていただいたほうが早いですな」

ハンブルビーが目で合図すると、ヨハンセンが部屋から出ていった。二分後に帰ってきたときには、手にタブレット端末を持っていた。

「映像はこの中に取り込んでいます」

ヨハンセンが太い指を器用に扱って端末を操作すると、映像ソフトが起動した。プレイボタンをタッチし、映像を再生した。

録画時間は一瞬だった。照明に驚いたのか堀之内が体をひねった瞬間、背中の文字が見え、そこに、「なぜきみがここに？　まあ、入ってくれ」という男性の声がかぶさった。続いてドアが解錠される金属的な音がしたところで録画は終わっていた。時間にして三秒ほどだった。

「声はマーチン・サイトウのものです。訪問者の声は入っていません」

補足するヨハンセンに点頭《てんとう》して同意を示した右京は、タブレット端末を受け取って、自分で何度も再生してみた。画質は決してよくないが、LEDライトが当たっているので訪問者の顔は明瞭《めいりよう》に映っていた。意味はわからないが、背中に書かれているのは数字の7で間違いないようだ。ただ、ライトが届く範囲が限られているようで、背景はほとんど闇《やみ》に溶け込んでいる。かろうじて植栽のシルエットが確認できる程度だった。映像の右下には、録画日時も表示されていた。昨夜の二十時四十七分になっている。

「映像はハードディスクに記録されるのですか？」

「はい」ヨハンセンが首を振る。「訪問者がドアフォンを押して数秒間は自動的に録画されます」

「昨日の映像はこのロイ堀之内のものしか残っていませんでしたか？」

「ええ、これだけでした。他に来客はなかったんじゃないですかね」

ヨハンセンは気軽に意見を述べたが、右京はより慎重だった。

「もちろんその可能性はありますが、一度録画したけれど、あとから消去したのかもしれません。決めつけるのは危険だと思いますよ」

ヨハンセンが妙に理屈っぽい日本人だと言わんばかりに、右京の顔をしげしげと見つめた。ハンブルビーが愉快そうに部下に注意する。

「おまえさんもスギシタ警部を見習って、もう少し思慮深くなったほうがいいな」

「軽率《けいそつ》ですみません。しかし、写真の男は本当にロイ某《なにがし》なんでしょうか。さっきも報告したとおり、昨夜犯行のあった時間帯にはやつはバーミンガムで舞台に立っていたそうです」

「その話をまだ詳しく聞いていないな。説明してくれ」

ハンブルビー警部が命じると、ヨハンセンは背筋を伸ばしてかしこまった口調になった。

「まだロイから直接話が聞けていないので、曖昧《あいまい》な部分もあるのですが、わかる範囲でご報告します。ロイは先週の金曜日から奇術の公演のためにイギリスに滞在しています。日曜がロンドン公演、一日空いて一昨日火曜がマンチェスター公演、昨日水曜のバーミンガム公演のあと、今日ロンドンに戻ってきて、明日金曜に再びロンドンで最終公演を行って、明後日土曜には帰国予定だそうです」

「ということは、今夜には事情聴取ができるわけだな」

「はい。途中で逃走しないよう、バーミンガム警察のマイク・ゴードン巡査の監視つきです。ただ、ゴードンによると、ロイが昨夜バーミンガムのイベント・ホールで公演をしていたのは確実だそうです。なにしろ観客が二千人はいて、そのうちひとりはゴードン本人だったとか……」

「なんと、警察官が平日の夜にマジック・ショーの見物とは」ハンブルビーがおおげさに驚いてみせる。「バーミンガム警察は暇を持て余しているのか。しかし、警察官が証人とあっては、ロイ・ホリーノーチのアリバイは堅いかもしれないな」

「それはそうなんですが……」

ヨハンセンはなんとも歯切れが悪かった。

「なんだ。言いたいことがあったら、言ってみろ」

「ゴードンの話では、昨日の公演中、ステージ上でロイが殺人予告めいたことをしたんだそうです。観客は演出の趣向だと思って誰ひとり本気にしていなかった。ところが今日になって、スコットランド・ヤードから殺人事件の問い合わせが入ったものだから、びっくり仰天している、と言っていました」

「なんだって?」ハンブルビーが聞き返す。「ステージ上で殺人予告だと?」

興味深そうに話を聞いていた右京がヨハンセンに質問した。

「もしかしたら、その殺人予告の時刻は昨夜の二十時四十七分前後だったのではありませんか？」

巨漢の刑事は腹立たしさを隠そうともせずに、「ええ。まったくなにがなんだかわかりませんや」と吐き捨てた。

2

ロイ堀之内がロンドンへ到着する予定時刻はおよそ二時間後だった。その間、右京はインターネットを使って、話題の奇術師について調べてみた。

ロイ堀之内は現在四十二歳。田中良治《たなかりようじ》というありふれた本名を持つ生粋《きつすい》の日本人だった。大学の手品サークルに所属していた頃からアマチュア・マジック界では知られた存在で、卒業後単身アメリカへ渡り、著名なマジシャンであるトニー・Oに弟子入りする。トニー・Oは客からいくらナイフで刺されても傷ひとつ負わないという「不死身の男」なるマジックで一世を風靡《ふうび》していた。ロイという呼び名は師匠のトニー・Oがリョージという本名からつけた愛称で、堀之内は母方の姓である。師匠のトニー・Oはすでに他界している。リンク先に写真つきの死亡記事が載っていた。トニー・Oの柩《ひつぎ》の前で泣き崩れる遺族たちの姿が痛ましかった。老婆から少女までひと目で一族とわかる数人の女性が柩にすがりついている。トニー・Oは生前家族にとても愛されていたことが伝わってくる。

一方ロイ堀之内はおよそ十年に及ぶ修業期間を経て、三十三歳のときに帰国。海外仕込みの大掛かりなイリュージョンと相手の心理を巧みに操作するメンタル・マジックの名手として、めきめき頭角を現す。三十九歳のときには世界で活躍する優れた手品師に贈られるマジシャン・オブ・ザ・イヤーを受賞。以来、日本国内にとどまらず、第二の故郷ともいえるアメリカやオーストラリアでもショーを行い、今回のイギリス・ツアーが初めてのヨーロッパ遠征となった。

〝なるほど。得意とする奇術は、瞬間移動、物体消失、念写ですか〟

右京がロイ堀之内のプロフィールを口に出して読み上げ、ほくそ笑む。背後から近づいてきたヨハンセンは日本語で独り言を呟《つぶや》く小柄な東洋人を見て眉をひそめたが、用件を思い出しておそるおそる声をかけた。

「スギシタ警部、ゴードン巡査が到着しました。奇術師も一緒です。取調室で待たせています」

右京がパソコンの電源を切って、立ち上がった。

「そうですか。では、行きましょう」

取調室に行くと、ついいままでパソコンのディスプレイで見ていたのと同じ顔の人物がこちらを向いて座っていた。ロイ堀之内である。ウェーブのかかった柔らかそうな髪の毛は別にして、目鼻立ちはたしかに右京に似ていなくもない。額にほくろのある日本人奇術師はメタルフレームの奥の目を愉快そうに輝かせながら、口を開いた。

〝おや、あなたは日本人のようですね。ロンドン警視庁に日本人の刑事がいるとは思いませんでしたよ。しかも、どことなく私に風貌《ふうぼう》が似ているようだ〟

〝杉下右京と申します。ロンドン警視庁ではなく日本の警視庁に勤務しています。ちょっとした縁で、捜査に協力することになったものでして〟

右京は自分がロイ堀之内に間違えられたことには触れなかった。

〝捜査に協力というと、通訳かな。私は英語がわからないと思われているんじゃないかな。ところが……〟

右京は奇術師の発言を作り笑顔で遮《さえぎ》って、〝わかっています。あなたはアメリカでマジックを学ばれていますね。むろん、英語は流暢でしょう。ぼくが呼ばれたのは通訳のためではありません。同じ日本人ならば腹の内もさらけだしやすいだろうという配慮ではありませんかねえ〟

顔つきが似ているふたりが日本語で会話するのに置き去りを食らった形の英国人の警部がわざとらしく咳払いをした。

〝おやおや、ハンブルビー警部が退屈されているようです。これ以降は英語に切り替えましょう〟

右京はロイ堀之内に提案すると、ハンブルビーに向き直り、英語で謝った。

「失礼しました。なぜ日本人のぼくが捜査に協力しているのか説明していたところです。彼も英語が堪能《たんのう》ですので、これからは英語で話しましょう」

「それは好都合ですな。では、われわれも座りましょう」

机を挟んでロイ堀之内の対面にハンブルビーと右京が腰を下ろした。机の短辺には二十代後半と思われる紅毛碧眼《こうもうへきがん》の制服警官が座った。バーミンガム警察のゴードン巡査だった。ゴードンと向かい合わせの椅子にはヨハンセンが腰を落ち着けた。奇術師は狭い取調室の中で四人の警察官から囲まれる格好になったが、ほとんど緊張していないように見えた。

パチン。ロイ堀之内が右手の親指と人差し指を鳴らしたかと思うと、いつのまにかそこにたばこが出現していた。

「一服よろしいでしょうか？」

優雅に申し出る奇術師にヨハンセンが嚙《か》みつく。

「取調室は禁煙だ。とっととしまえ」

「そうですか。それは残念」

再び指が鳴ったかと思うとたばこは消え失《う》せていた。

挨拶代わりのアトラクションを見せつけられ、先手をとられたハンブルビーが事情聴取の口火を切る。

「話はゴードン巡査から聞いていると思いますが、昨夜ロンドンの自宅で実業家のマーチン・サイトウが殺されました。あなたはその事件の重要参考人としてここへ呼ばれたわけです。答えたくない質問には答えなくてもいいですが、潔白ならば正直に答えたほうがあなた自身のためです。ここまでで質問は？」

ロイ堀之内は首を横に傾《かし》げて、先を促した。

「では、事情聴取を始めます。マーチン・サイトウは知っていますね？」

「知っていますよ」奇術師が素直に認める。「そもそも今回のイギリス・ツアーのオファーをくれたのが彼ですから。ロンドン、マンチェスター、バーミンガムの三か所で公演を行いましたが、会場のイベント・ホールはどこも彼の会社〈サイトウE&E〉が運営していました」

「〈サイトウE&E〉？」

「前のEはエステート、後ろのEはエンターテインメントの略ですよ。サイトウ氏による不動産と興行の会社です」

「なるほどね。つきあいは長かったのですか？」

「それほどでもありません。去年、私がオーストラリア・ツアーをやった際に、たまたま旅行中だったサイトウさんがお客さんとして見にきてくれたんですよ。ショーの内容が彼のお眼鏡にかなったようで、終演後わざわざ楽屋まで訪ねてきました。その場で、ぜひイギリスにも招きたいというお話をいただきました。ですから、知り合ってまだ一年少々といったところでしょうか」

「それ以後は何回か顔を合わせたわけですか？」

「イギリス・ツアーに関する事務作業などはこちらのマネージャーや制作スタッフと、先方の担当者で打ち合わせましたから、私たちが直接顔を合わせる必要はありませんでした。イギリスに着いた翌日の土曜日の午後、ご自宅に招かれたので、そのときにお会いしたのがおよそ一年ぶりの再会でした」

「リンカーンズ・イン・フィールズの邸宅ですね。そのときにはどんなお話を？」

「たいした話ではありませんよ。マジック・ショーに関してサイトウさんがいろいろ質問なさるのに、私が答えたりして。まあ、世間話といっていいでしょう」

リラックスした口ぶりでロイがよどみなく答える。ハンブルビーは要所要所メモを取りながら質問を続けた。

「サイトウ邸はあなたひとりで訪問されたのですか？」

「私とマネージャーのふたりです。箕輪有紀子《みのわゆきこ》という日本人女性です」

「そのときサイトウ邸にはミスター・サイトウ以外に誰かいましたか？」

「知らなかったのですが、サイトウさんは独身でした。ただ、ひとり暮らしというわけではなく、住み込みのハウスキーパーがいました。名前はたしか……」ロイ堀之内は宙を見つめて回想するポーズをとった。ややあってから、「キャサリンだったかな。もちろん彼女は私たちの話の輪に加わるわけではなく、紅茶と菓子を運んできてくれたり、日が傾いてきたときにカーテンを閉めにきてくれたりしただけですが」

ハンブルビーはこの話をメモに追記することなく、事情聴取を先に進めた。

「では最近、直接話をしたのは、そのときだけですか？」

「いえ。日曜日のロンドン公演のときには招待客としてお招きし、アンコールの際に舞台へも上がってもらいました」

「ほう、観客も見ていたわけですね」

「もちろん。ロンドンのホールの収容人数は二千五百人くらいだったはず。ほぼ満席でした」

ここで右京が割り込んだ。

「ちなみにステージ上ではなにかお話しなさったのですか？」

奇術師が薄笑いを浮かべた。「私がいちばん得意な演目はテレポートです。近いうちにとびきりのテレポートをお見せしますよ、と言いました」

スコットランド・ヤードの警部が目をぱちくりさせる。

「テレポートというのはなんですか？」

説明役を買って出たのは右京だった。

「一瞬のうちに違う場所へ移動することです。舞台上にいたはずのマジシャンが黒い布をかぶされたとたんに消えて、次の瞬間、会場の一番後ろから姿を現すといった類《たぐい》のマジックですよ」

「じゃあ、もしかして」ヨハンセンはようやく事の重大さに気づいたようだった。「バーミンガムの公演中にロンドンまでテレポートしてサイトウを殺害したのか？」

「さあ、どうでしょう？」

ロイ堀之内は不敵な笑みをたたえて、自分を取り囲む警察官たちを順に見渡した。

「たしかに私はバーミンガムでの公演中に、テレポートをやってみせましたよ。嘘《うそ》だと思うなら、ゴードンさんに訊いてみるとよいでしょう。彼も昨夜のショーを見にきてくれていたそうですから」

ハンブルビーとヨハンセンの視線が自然とバーミンガム警察の巡査の困惑した顔へと向けられた。

証言の機会が回ってきたゴードン巡査は無闇に元気な声で、「間違いありません。ロイは昨夜のショーの途中でテレポートを行いました」

「ショーを見ていないわれわれでもイメージできるように、詳しく話してみろ」

ハンブルビーの要請にゴードンが応じた。

「わかりました。まず、ステージにアシスタントがふたりで箱を運んできました。人ひとりがやっと入れるくらいの透明なアクリル樹脂製の箱です。次にロイはシルクハットを脱ぎ、中から禍々《まがまが》しい光を放つ刃物を取り出してひとくさり口上《こうじょう》を述べました。えっと……」

と、奇術師本人がドスのきいた声で口上を再現した。

「こいつは幾多のサムライのハラキリに使われてきた血塗られた短刀。よく見てみろ。どうやら今宵も血に飢えているようだ。これからロンドンまでひとっ飛びして、血をたっぷり吸わせてくることにしよう。ははははは……こんなところでやると、ちょっと照れますね」

ロイは照れ隠しに自分の後頭部をぽんと叩《たた》いたが、ゴードンは大いに興奮していた。

「言い終わるやいなや、ロイはシルクハットと刃物を持ったまま透明の箱に入りました。その上からアシスタントのふたりがふわりと黒い布をかぶせます。五秒ほど経《た》ってから布がはずされると、箱の中からロイの姿は消えていました。どこへ消えたのだろう。観客は固唾《かたず》を呑《の》んで事態を見守っていました。会場にはドラムロールの音が鳴り響き、いやがうえにも期待が盛り上がります。どのくらい待ったのでしょう。長く感じましたが、実際の時間は二、三分だったのでしょう。なんとロイは天井から姿を現しました。まるで空中を浮遊するかのように、優雅に両手をはばたかせながら降りてきたんです。その手に刃物はありませんでした。ロイは言いました」

ここで再び本人が語った。

「ロンドンに行って短刀でなにかを刺した気がするんだが、よく覚えていない。抜けなくなってしまったから、しかたなくそのまま残してきた。このままでは私がロンドンへ行った証明ができないので、代わりに土産としてこんなものを持ってきたぜ」

ゴードンがロイのあとを引き継ぐ。

「そう言って、ロイがポケットから取り出したものはスマホでした。そのディスプレイを舞台奥のスクリーンに映し出したところ、ライトアップされたビッグ・ベンとロイ本人が写り込んでいたんです。会場は万雷の拍手に包まれました。ロイは恭《うやうや》しく一礼し、テレポートは終わりました」

若い巡査の口調には奇術師に対する賞讃《しょうさん》の念が感じられた。

「ビッグ・ベンの写真？」

ヨハンセンが低く唸《うな》ってロイ堀之内をにらみつける。奇術師は平然とした面持ちでポケットからスマートフォンを取り出した。慣れた手さばきで操作して、一枚の写真を表示させた。

「この写真です。昨夜、通行人に撮ってもらいました。念のために言っておきますが、合成写真ではありませんよ」

ライトアップされたビッグ・ベンの前で微笑む男の姿が写っていた。フラッシュが焚《た》かれていないせいで逆光になっており、人物の顔は薄暗かったが、間違いなくロイだった。シルクハットの下にはちゃんと額のほくろが確認できた。ロイは後ろ向きの姿勢で、顔だけをこちらに向けている。体を覆うマントの背中部分には、すでに見たことのある7の数字が書かれていた。

ビッグ・ベンの時計台の針は八時四十五分を指している。周囲は薄闇に包まれているので、朝ではなく夜の九時十五分前であるのは一目瞭然だった。ロイの左肩の上にはヨーロッパ最大の観覧車ロンドン・アイも写り込んでいる。こちらにはマゼンタ（赤紫色）のイルミネーションが施されていた。

「ご覧ください。時刻は二十時四十五分、昨夜私がバーミンガム公演の途中で、テレポートしたまさにその時間です」

得意げに語る奇術師をヨハンセンが一蹴《いっしゅう》した。

「くだらん。こんな写真ならば、昨夜じゃなくても撮れるだろう。あんたがロンドンにいた金曜か土曜の夜にでも予《あらかじ》め撮影しておいて、昨夜の手品のために仕込んでおいたんだろう？」

「違います」異を唱えたのは意外にもゴードンだった。「マントに7という数字が書かれているでしょう。この数字が書かれたのは昨夜のマジック・ショーのときなんです」

「どういう意味だね?」

ハンブルビーの疑問に、ゴードンが答えた。

ロイ堀之内はテレポートの前に一種の読心術を行った。無作為に選んだひとりの観客にステージへ上がってもらい、心の中で0から9までの任意の数字を強く念じてもらう。壇上の客はみずからの手でロイに目隠しをし、そのうえで彼の背中のマントに念じた数字を客席に見えるようスプレー塗料で大きく書く。スプレーの噴射は弱いので、かすかな圧力もマント越しには伝わらない。目隠しを解かれたロイは客の目をじっと覗《のぞ》き込み、背中の数字を見事に言い当てた。その数字こそが7だったというのだ。

「つまり7という数字は昨夜ステージで書かれたばかりだったわけです。ロイはテレポートをしたときにも同じマントを着ていました」

バーミンガム警察の巡査が説明をしめくくると、ロンドン警視庁の巡査部長がすかさず文句をつけた。

「よくある手品じゃないか。予め背中に書く数字は決まっているんだろう。どうせ、ステージに上がった観客がこいつとぐるなんだろうよ」

ヨハンセンに太い指を突きつけられても、奇術師は余裕綽々《しゃくしゃく》だった。

「いんちきなどしてません。客の心を読んで数字を当てるのです。澄んだ目で見れば、おのずと見えてきます」

ゴードンがこれに言い添えた。

「客がぐるではなかったのは、ぼくが保証します。だってステージに上がったのはアマンダというぼくの彼女だったんですから。事前になんにも知らされず、突然指名されたんです。彼女が7を選んだのも、ぼくの誕生日が七月七日だったからで……」

ハンブルビー警部がしびれを切らした。

「おまえさんの誕生日がいつでもかまわないが、いま大切なのはミスター・ホリーノーチが背中の数字を当てたことではない。その数字が書かれたマントを羽織ったホリーノーチがビッグ・ベンの前で写真に写っているという事実が問題だ。すなわちこの人は、直前までバーミンガムでショーを演じていたのに、二十時四十五分にはロンドンにいたことになる」

苦虫を嚙み潰したような顔になるイギリス人の警部をさらに困らせるような指摘を、日本人の警部がした。

「ロンドン・アイのイルミネーションは通常は青色で、特別な記念日や祭りごとのときには色が変わると聞いています。写真のロンドン・アイは赤紫色の照明で彩られています。ぼくもこの目で見ましたが、昨夜は珍しく赤紫色でした。今朝の新聞には、ロンドン・オリンピックで赤紫色のイルミネーションを使うため昨夜そのテストを行った、と書いてありました」

もうしばらくするとオリンピックが始まる。ロンドンの街のいたるところでその準備が行われていた。

「そうだった。警察にも連絡が来ていたな」ハンブルビーが自分の頭を拳で叩いた。

「珍しいイルミネーションを目当てに混雑するかもしれないので、警備が増強されたはずだ。だとすると、いよいよこの写真は昨夜撮られたことがはっきりしたわけだ。テレポートなんてたわごとを信じたくはないが、おかげでひとつ説明がつく。昨夜ロンドンにいたのなら、ここに写っているのもミスター・ホリーノーチ、あなたですね？」

ハンブルビーが切り札の写真を机の上に置いた。自分の顔のアップを一瞥《いちべつ》したロイがにんまりと笑った。

「そうかもしれません。実は記憶があやふやなんですよ。テレポートという技は体力を著しく消耗しますからね。ビッグ・ベンの前で写真を撮ってもらったのはちゃんと覚えているのですが、そのあとはどうしたんだっけなあ……いつの間にか短刀がなくなっていましてね」

「リンカーンズ・イン・フィールズのミスター・サイトウの自宅へ行き、短刀でサイトウを殺害した。そういうことでしょうか？」

日本人の奇術師はとぼけた顔で、「ははあ、こいつはサイトウ邸のテレビドアフォンで録画された画像なんですね。そうか、私はやはりサイトウ氏のところへ行ったんだ。テレポートは彼のリクエストでしたからね。リクエストに応じて、彼ひとりだけのために大技のマジックを決めてみせたのでしょう。そして私の意志とは無関係に、短刀はマーチン・サイトウの血を欲していた。たしかにあの男ならさもありなんですが。だとすると、短刀もサイトウ氏の体に刺さったままだった？」

「この凶器のことかな？」

ハンブルビーが新たな写真を取り出した。被害者の背中に突き刺さった鍔のない短刀の拡大写真である。

「あ、これです！」叫んだのはゴードンだった。「テレポートの前にロイが取り出した刃物はこいつでした」

ここまで証拠がそろえば、犯人はロイ堀之内に間違いなさそうだった。しかし、犯行時刻にはバーミンガムで奇術の公演中だったという。それが本当ならば、いかに怪しかろうと、奇術師に犯行は不可能である。

「あなたには歳の近い兄弟がいるんじゃありませんか？」

ハンブルビーがロイに疑いの眼差《まなざ》しを向ける。ロイは小馬鹿にしたように鼻を鳴らした。

「ふん。私がそんなちゃちなトリックを弄《ろう》しているとでも？　どうぞ、日本の警察に問い合わせてみてください。私が正真正銘のひとりっ子だと、すぐにわかりますよ。生後すぐに生き別れになった双子の兄もいませんよ」

「それについては、念のために調べてみましょう」右京は請け合うと、「ところで先ほどあなたは『たしかにあの男ならさもありなんですが』とおっしゃいましたね。マーチン・サイトウさんならば刺されてもいたしかたない。ぼくにはそのように聞こえたのですが、どういう意味なのか教えていただけませんか？」

ロイ堀之内は椅子から立ち上がると、着席したままの警察関係者を見渡した。

「英国でのサイトウ氏の評判がどうだかはわかりませんが、少なくとも私にとっては金の亡者にしかすぎませんでした。熱心に誘われたから来てみたものの、要求が厳しい割にギャラが安い。交通費も持ち出しなんで、イギリス・ツアーは確実に赤字ですよ。サイトウ氏の懐《ふところ》はそれなりに潤《うるお》ったとしてもね」

「殺意を抱くほどひどい待遇だったわけですかな？」

ハンブルビー警部がかまをかけると、ロイは声を出して笑った。

「さて、どうでしょうかね。殺すほどの相手ではないとも言えるし、生かしておいてもろくなことはないとも言えます。私はさておき、私の短刀はサイトウ氏の命を奪いたかったようですね」

「ふざけるな！」ヨハンセンも立ち上がって、奇術師に顔を近づけた。「凶器の短刀が勝手に殺人を犯したと言うつもりか。ドアフォンの録画記録におまえの姿が映っているんだ。おまえが殺《や》ったに決まっている！」

「ええ、バーミンガムのイベント・ホールからテレポートによってロンドンまで来たのは事実ですからね。ほとんど記憶はないですが、私が手を下したのかもしれません。イギリスの司法では超能力による殺人も裁けるのですか？　それならば、どうぞ逮捕してくださってもかまいませんよ」

ヨハンセンが今度はバーミンガム警察の巡査に鼻面を突きつける。

「おい、ゴードン。この野郎は本当にバーミンガムのホールにいたんだろうな？　贋者《にせもの》だったんじゃないのか？」

ゴードンはすぐさま首を横に振った。

「この人でした。アマンダだって証言できますし、二千人の観客全員が証人です」

ヨハンセンが歯噛みをして悔しがる。それもそのはず、テレポートを前提とした犯罪など送検できるはずがない。ロイ堀之内はそれを見越して挑発しているのだった。

ハンブルビーが不本意な顔で言った。

「今日のところはお引き取りいただいて結構です。最後にひとつ教えてください。今回のショーであなたと同行しているスタッフはどんなメンバーですか？」

「マネージャーの箕輪、制作担当で大道具もこなす重富益男《しげとみますお》、照明と音響の河野《こうの》丈衛《たけもり》、アシスタントの橘《たちばな》レナと中野麻美《なかのまみ》、日本から連れてきたクルーはその五人です」

「そうですか。皆さん同じホテルに宿泊ですね。またお話をお聞きすることになりそうなので、ロンドン滞在中は連絡のとれる場所にいてください」

奇術師は軽く首を傾げると、ホテル名を告げて部屋から立ち去っていった。

ドアが閉まった瞬間、ヨハンセンが机を叩いた。

「くそ、なんていまいましい事件だ！　犯人はわかっているのに手出しができないなんて！」

興奮する巨漢に右京が疑問を投げかけた。

「犯人は本当にわかっているのでしょうか？」

「あの奇術師の野郎に決まっているじゃないですか！」

「しかし、人はテレポートなどできるはずがありません。バーミンガムにいた人物か、サイトウさんを手にかけた人物のどちらかはロイ堀之内とは別人でしょう」

しかつめらしい右京のことばを聞き、ハンブルビー警部が嘆く。

「しかし、あの奇術師はどうしてテレポートなどと言い出したのだろうか。どんなトリックが潜んでいるにせよ、あの時間にロンドンへテレポートなんかしなければ、鉄壁のアリバイがあったわけだろう。あるいは仮にテレポートするにしても、行き先をロンドンでなくマンチェスターやグラスゴーにでもしておけばよかった。わざわざ犯行時刻にロンドンにいたなどと主張するから、怪しまれるわけで」

「あの手合いは自己顕示欲が強いんですよ」ヨハンセンが吐き捨てる。「自分のトリックは絶対見破られないという自信があるんでしょう。なんとしても、見破ってやる！おい、ゴードン、昨夜のショーのようすをもう一度最初から細大漏らさずしゃべってみろ」

ゴードンの語ったところによると、ロイ堀之内のマジック・ショーが開幕したのは昨夜の午後八時だったらしい。最初はカード当てやコイン消しなどの定番の手品で徐々に会場のムードを温めていき、読心術のマジックが演じられたのは開演から三十分ほど経ったときだった。ゴードン巡査のガールフレンドであるアマンダはいきなり指名されてステージに上がった。ロイから数字をひとつ思い浮かべよと促され、彼女の脳裏に自然と浮かび上がったのは、ボーイフレンドの誕生日の7という数字だったという。マントの背中の部分には薄いグレーで枠が描かれており、思い浮かべた数字を白いスプレーで枠内に書くよう求められたらしい。数字は枠内いっぱいに丁寧に書くようにとも。アマンダは素直に従った。ロイの目隠しは絶対に透かして見ることができなかったとアマンダは主張し、読心術の完成度の高さに感心しきりであった。

ロイがマントに数字を書かせたのは、読心術上の演出というよりも、次に控えるより難易度の高い演目、テレポートのためだったといえる。ステージに運ばれてきた透明の箱の中に短刀を手にしたロイが入ったのは午後八時四十五分のこと。しばらく姿を消した奇術師は二、三分後に空中を浮遊しながらホールの天井からステージに舞い降りている。

一方で短刀を持ったロイが7の番号付きマントを着て、ビッグ・ベンの前で撮影されたのがステージから消えたのとほぼ同時刻の午後八時四十五分。遠景のロンドン・アイのイルミネーションがいつもの青色ではなくマゼンタ色であるので、写真が撮影されたのは昨夜以外に考えられない。

そして、その二分後、ロイはビッグ・ベンから二キロメートルほど離れたリンカーンズ・イン・フィールズのマーチン・サイトウ邸の玄関に取りつけられたドアフォンの録画映像に映っている。やはり7と書かれたマントを羽織りシルクハットをかぶった奇術師の上半身が粗い画像ながらはっきり確認できる。撮影時刻は記録された日付データから昨夜の午後八時四十七分だと判明している。

バーミンガムのホールに戻った奇術師はその後、人体切断や人体浮遊といった派手なイリュージョンを成功させ、ショーが終演したのは午後九時三十分。その後アンコールがあったためにゴードンとアマンダがホールをあとにしたのは九時五十分を少し回った時刻だった。

ショーの一部始終を語ったゴードンに右京が質問した。

「テレポートが行われていた間、ステージはどうなっていたのでしょう。二、三分とはいえ、主役が不在だと観客から不満の声が出そうなものです」

「その間は、アシスタントのふたりの女性たちがロイを探しまわっていました。透明の箱の中を検《あらた》めたり、カーテンの裏側をめくったり、客席に紛れていないか端からライトを当てて、探したりして」

「主役がロンドンへ行っている間、助手が場つなぎをしていたわけだ。スギシタ警部はどうしてそれが気になるのですか？」

ハンブルビーが興味深そうに尋ねる。

「おそらく、テレポートは昨夜の公演の中でも最大の見せ場だったはずです。それにもかかわらず、ロイ堀之内が中座するのは演出としてもったいないと思いませんか。デヴィッド・カッパーフィールドのイリュージョンでも同種の演目があります。彼の場合はニューヨークの会場からハワイへ瞬間移動するのですが、ステージ上に移動先のハワイの浜辺をライヴ撮影したスクリーンを立てておきます。ステージから消えた次の瞬間にはスクリーンの中に映っているという趣向でした。これならば観客の視線をずっと引きつけておけます」

「さすがに人殺しに行く場面をライヴ映像で届けるのはまずいと考えたんじゃないです

か？」

ヨハンセンが意見を述べると、右京は肯定するわけでも否定するわけでもなく、「ステージから消えていた数分間、ロイ堀之内が実際にはなにをしていたのか。クルーに訊《き》いてみたほうがいいと思います。まさか本当にテレポートしていたはずはありませんから」

「そうですな。ではエドガー、さっそく関係者の聞き込みへ回ってくれ。スギシタ警部もお手伝いいただけますか？」

「よろこんでおともしますよ」

即答する右京を、奇《く》しくも相棒となったヨハンセンは顔をしかめて眺めていた。

3

ヨハンセンと右京はクルーが宿泊しているホテルへとおもむいた。

最初に事情聴取を行った相手はマネージャーの箕輪有紀子だった。臨時に聴取の場としたロビーにやってきたのは、ロイ堀之内とほぼ同年齢の黒髪をショートカットにした女性で、淡いピンクのフレームの眼鏡をかけていた。英会話スクールで習ったに違いない杓子定規《しゃくしじょうぎ》な英語で自己紹介する姿は、自分を有能なビジネスパーソンに見せたがっているように映る。向上心と引き換えに愛想をなくしてしまった印象を受ける女性だった。

「ロイ・ホリーノーチのマネージャーはいつからですか？」

男に対するときよりもやや改まった口調でヨハンセンが訊くと、有紀子は真面目な顔で答えを返した。

「ロイ・ホリノウチのマネージャーになって、あと三日で二年と五か月になりますわ」

「では、去年のオーストラリア・ツアーにはロイ・ホリーノーチと一緒に？」

「ええ。ロイ・ホリノウチに同行しましたよ」

いちいち正確な発音で返されるのに辟易《へきえき》したのか、ヨハンセンはややむくれたようすで、質問役を右京に譲った。

「ロイ堀之内さんはオーストラリア・ツアーの際に初めてマーチン・サイトウさんとお会いになったとうかがっています。間違いありませんでしょうか？」

「間違いないですわ。サイトウさんはオーストラリアでバカンス休暇中でしたの。たまたまロイのショーがあることをお知りになって、見に来られたみたい。公演に感動されたらしく、終演後わざわざ楽屋までご挨拶にいらっしゃいましたの。ロイもわたくしもそのときに初めてお会いしたわ」

「その場で今回のイギリス・ツアーが即決したと聞いています」

「そのとおりよ。サイトウさんが熱心に誘ってくださったから、話に乗ったわけですけどね……」

女性マネージャーは顔を曇らせ、語尾を濁した。

「なにか問題でも？」

「いざ具体的に話を進めてみると、いろいろと思惑の違いが浮き彫りになってきました。率直に言えば、サイトウさんはかなり吝嗇家《りんしょく》でしてね……」

「つまり、出演料が相場よりも低いと？」

「そうよ」有紀子は何度も点頭しながら、「最初からその額を提示されていたら、このお話には乗らなかったと思いますわ。はじめのうちはかなり気前のよい話でしたのに、ある時期から急に財布のひもが固くなってきましたわ。正直、わたくしは赤字を出してまでイギリス・ツアーをやる必要はないとロイに進言したのですが、ロイは海外で名前を売るせっかくの機会をふいにしたくないと言い張るし……」

右京は真摯《しんし》な顔で受け止めて、「そうでしたか。サイトウさんの心変わりの理由に思い当たるふしはありますか？」

「よくは存じませんけど」と言いながら、有紀子は体を前に乗り出し、声をひそめた。「どうやら半年ほど前に招へいしたミュージカルの公演で〈サイトウE&E〉は大きな損失を出されたんですって。それ以来、経営状態があまり芳《かんば》しくないとか」

しばらくおとなしくしていたヨハンセンがこの話題に飛びついた。

「それなら聞いた覚えがある。大枚はたいて呼んだブロードウェイのミュージカルの劇団が、公演前に突然キャンセルして帰ったって、大きなニュースになってたぜ」

「おやおや、キャンセルですか。それならば通常はミュージカル劇団のほうが違約金を払うはずですが」

「なんでもホールの設備がお粗末すぎて、劇団のお眼鏡にかなわなかったらしい。契約書に記載された設備の基準を満たしていなかったという話だったと思う」

ヨハンセンのことばを後押しするように、有紀子が言い添えた。

「たしかに今回〈サイトウE&E〉が運営するホールを使っていますけど、お世辞にもすばらしい施設とは言えませんわね。わたくしたちはともかく、一流の劇団ならば激怒するのも当然だと思います」

「そうでしたか」右京はいまの話の内容を頭の中で吟味《ぎんみ》しながら、「ところで今回のイギリス・ツアーですが、ロイ堀之内さんがテレポートを行ったのは昨夜だけなのでしょうか？」

「はい、バーミンガムだけです。元々今回のツアーではやるつもりはありませんでした。ところが日曜日のロンドン公演のステージ上で、ロイがサイトウさんと不用意な約束をしてしまいまして、急きょやることが決まったわけですの」

「ロイがテレポートをサイトウに見せようとしたとして、どうして火曜日のマンチェスター公演ではなく、昨夜のバーミンガムでやることになったのでしょう?」

有紀子はフェミニンなデザインの眼鏡を外し、目頭を指で揉《も》んだ。

「そこまではわかりませんわ。ロイ本人に訊くか、もしかしたら制作の重富さんが知っているかもしれないので彼に訊いてみてはいかがかしら」

「わかりました。ちなみに、ロイ堀之内さんはテレポートの間、実際はどこでなにをなさっていたのですか?」

ずばりと切り込んだ日本人の刑事を有紀子は裸眼でにらみ、「ロンドンに行っていたに決まっているじゃないですか」

「なるほど。マジックのタネは明かせないというわけですね」

右京の誘導にも女性マネージャーは引っかからなかった。

「タネなんかあるものですか。ロイは昨夜の公演中、バーミンガムからロンドンまでテレポートしましたのよ」

「そして、守銭奴《しゅせんど》のサイトウを地獄へ落としたって寸法か?」

巨体の刑事が挑発すると、有紀子はゆっくりと眼鏡をかけ直して、「これ以上、お話しすることはありませんわ。失礼します」と言い残し、ヒールの音を響かせてロビーから去っていった。

続いて制作兼大道具の重富益男と照明兼音響の河野丈衛の男性スタッフふたりをロビーへ呼びだした。重富のほうは五十歳代の気難しそうな職人肌タイプ、一方の河野はもやしっ子がそのまま三十歳になったような痩《や》せた色白男だった。ふたりともせいぜい片言の旅行英語が話せるレベルだったので、右京が事情聴取を行い、ヨハンセンのためにそれをひとつひとつ翻訳することになった。

右京はまず口数の少なそうな年長の裏方から攻略にかかった。

〝重富さんはいつからロイ堀之内さんとお仕事を一緒になさっているのですか?〟

制作担当者は咳払いをすると、少し間を置いてから話しだした。

〝ロイさんがアメリカから帰ってきてすぐですから、かれこれ十年になりますかね。彼のショーには結構大掛かりな舞台装置がよく登場するんですよ。それを作るように頼まれたのが最初でした〟

右手で金鎚《かなづち》を振るまねをしながら、重富が言った。

右京は大きくうなずいて理解した旨を示し、〝制作というのはどのような仕事内容なのでしょう?〟

〝名前はいかにもショーの構成を考える仕事のようですが、それはロイさんがほとんど自分ひとりでやります。私の仕事は、実際には雑用ですね。公演先の会場を押さえたり、ポスターなんかの宣伝物を作って配布したり、さまざまです〟

〝すると今回のイギリス・ツアーも重富さんが交渉窓口だったのですか？〟

〝海外公演の場合、私が英語ができないもので、交渉はマネージャーの箕輪さんがやってくれます。今回のツアーに関しても、その部分は彼女がやってくれました〟

〝そうですか〟右京は少し残念そうな顔になり、〝では、サイトウさんとはほとんど接点がなかったわけですね？〟

〝直接お会いしたことも話したこともありませんね。ただ、箕輪さんからは話を聞いていました〟

〝ほう、どのようなお話でしょう？〟

日本人の警部が興味を示すと、重富は瞑目《めいもく》して語った。

〝ツアーが迫ってくるに従って、最初の条件と違ってきたらしく、サイトウさんとはビジネス・パートナーになれないと怒っていましたね。そのことをロイさんに訴えても、ロイさんは聞き入れてくれない。そんな愚痴も漏らしていました〟

〝それで別れてしまったんですよね〟

突然会話に参加してきたのは河野だった。

〝『別れてしまった』……いま、そうおっしゃいましたか？〟

重富は手で若造を追い払うようなしぐさをすると、〝ロイさんと箕輪さんは一緒に暮らしていたんですよ。籍は入れていない内縁関係でした。それが、今回のごたごたでこじれてしまった。箕輪さんがロイさんのマンションから出ていき、いまは別居中なんですよ〟

〝しかもいつ決裂してもおかしくない、いっぱつしょくはつ状態〟

再び河野が茶々を入れる。

〝一触即発〟右京は若者に正しい四字熟語を教えると、〝なるほど。おふたりはそういう関係でしたか〟

〝そんな状態ですから、私たちもやりづらくてしかたありません〟重富が苦笑した。

〝二年以上も同棲《どうせい》していたのに〟

〝もしかしたら、あと三日で二年と五か月ではありませんか？〟

〝え？〟

〝いえ、こちらの話です〟右京ははぐらかして話題を変えた。〝重富さんは大道具を担当なさっているということは、マジックのタネについても精通されているんでしょうね〟

〝えっ、しかし私の口からは……〟

言いよどむ重富を右京は手で制した。

〝いまの段階ではまだ無理にはお訊きしません。話せる部分だけで結構です。昨夜のバーミンガム公演で突然テレポートをやることが決まったそうですが、ご苦労なさったのではないですか？〟

〝ええ、こちらの身にもなってくれよと思いましたよ。ロイさんはこれをやるって言うだけでいいんでしょうが、仕掛けを作るのはこちらですからね〟

憤然たる面持ちで不満を述べる大道具係を右京が慰めた。

〝ごもっとも。透明のアクリル樹脂製の箱などもこちらで作られたのですか？　おそらく台座の部分に抜け穴が空いているのでしょうねえ〟

重富は後半のせりふが聞こえなかったふりをし、〝ロイさんが入れるほどの大きさの箱を急に作らねばならなくなったのは事実です。頭にきたので、ロイさんには買い物にもつきあってもらいましたよ。そして、サイトウさんの会社の倉庫を借りて、ふたりで作りました〟

〝ロイ堀之内さんも一緒に作業されたのですか。ちなみにそれはいつですか？〟

〝日曜日のロンドン公演のときに急きょテレポートをやることが決まったので、月曜日に買い物から製作まですべて終わらせました。荷物はその夜搬送業者に託して、私たちは火曜日のマンチェスター公演当日の朝、移動しました。本当だったら前日に移動して、一日観光する予定だったんですが、それもおじゃんになりました〟

〝そうでしたか。いまのお話ではやろうと思えば火曜日の公演でもテレポートはできたように思えるのですが、なぜロイ堀之内さんはマンチェスターではなくバーミンガムま

で待ったのでしょう？〃
〝さあ、わかりません〃重富は首を捻《ひね》り、〝道具が間に合わなかったときのために、一日余裕をもって臨んだんじゃないですかね〃
右京は大道具係の説明に必ずしも納得したわけではなかったが、続く質問の矛先《ほこさき》を裏方の若者へと向けた。
〝河野さん、あなたはいつからロイ堀之内さんのクルーに参加なさったのですか？〃
問われた河野は指を折りながら、〝まだ七か月めです〃と答えた。「です」が「っす」に聞こえる崩れた話し方だった。
〝それ以前はなにをなさっていたのでしょうか？〃
〝やっぱり照明と音響です。売れない劇団の。そこでは、演出も少し。ロイさんは演出も全部自分でやる人ですから、いまは明かりと音に専念しています〃
〝演出もご本人でしたか〃
〝作、演出、主演はロイさんです〃
〝ちなみに、マジックの小道具や衣装も本人が調達しています〃
すかさず重富が補足した。
〝そうですか〃右京は一瞬なにかを考える表情になったあと、河野に向き直った。〝あなたもサイトウさんとは面識がなかったわけですね？〃

〝はい〟河野は首を前にスライドさせるようにうなずいて、〝見たのはロンドン公演のステージに上がってきたときだけです〟

〝あなたがクルーの一員に加わったとき、箕輪有紀子さんはまだロイ堀之内さんと同居していらっしゃった？〟

〝してましたよ。箕輪さんって見るからにガードが堅そうじゃないですか。そんな人がいかにも女たらしっぽいロイさんと一緒に生活するなんてちょっと不思議に思ったんで、訊いてみたんですよ、俺。そしたら、高校の同級生だって。焼けぼっくりってやつですか〟

〝焼けぼっくい〟右京は再び訂正し、〝ロイ堀之内さんは女たらしですか〟

〝そうですよ。きれいな女の人がそばにいると、よだれを垂らさんばかりですよ。ショーのときにステージに上げるのも美女ばかりだし〟

右京がいまの河野の発言を英訳して伝えると、ヨハンセンは「それじゃあ、ゴードンの彼女のアマンダって娘はべっぴんなのか、ちくしょう」と毒づいた。

右京はヨハンセンのことばは和訳せず、〝ときに、照明と音響の専門家から見て、今回のイギリス・ツアーで巡回しているイベント・ホールの設備はどうですか？〟と続けた。

〝専門家と言われると照れちゃいますが、そんな俺の目で見ても、決していいとは言え

ませんね。外観や内装はそれなりに立派なんで、ぱっと見騙《だま》されちゃいますけど、照明器具も音響設備も安物ですよ〃

〃ブロードウェイ・ミュージカルの劇団は腹を立てて帰国したそうです〃

〃俺も聞きました。こう言っちゃなんですが、ロイさんのような色物エンターテインメントならまだしも、芸術性の高い舞台や演奏会には、全面改修でもしない限り使えないと思います。あ、色物エンターテインメントのくだりはロイさんには内緒で〃

河野が口の前に人差し指を立てて懇願する。

〃わかっています〃右京は大仰に首肯《しゅこう》すると、〃おふたりにお尋ねします。昨夜の公演のテレポート中、ロイ堀之内さんはどこでなにをなさっていたのでしょう？〃

とたんにふたりの表情が暗くなった。重富が渋々と口を開く。

〃テレポートしてロンドンに行っていたはずです〃

河野がそれを引きとって、〃少なくとも俺らはそうとしか答えられません。立場というものがありますから〃

〃そうですか。教えていただけませんか。ロイ堀之内さんのアリバイがかかっているんですがねえ〃

右京が思わせぶりに嘆いてみせても、事態は変わらなかった。

〃わかりました。ご協力ありがとうございました〃

右京が丁寧に頭を下げると、ふたりの裏方はほっとしたように去っていった。

「ロイの野郎、クルーに口止めしてやがるな」

やりとりを英語で説明してもらったヨハンセンが罵《ののし》った。

「ロイ堀之内さんがよほど切羽詰まった状況に陥らない限り、クルーの皆さんはマジックのタネをばらさない覚悟のように思えます。おや？」

右京のポケットの中の携帯電話が振動して、着信を伝えたのだった。右京は「失礼」と断って席を立つと、ロビーの隅へ移動して日本語で通話を始めた。しかし、長くはからなかった。二分ほどで戻ってくると、電話の内容をヨハンセンに伝えた。

「日本からでした。ロイ堀之内こと本名田中良治に兄弟がいるかどうか、同僚に調べてもらった結果が出ました」

ロンドン警視庁を出る前に組織犯罪対策五課長の角田《かくた》六郎《ろくろう》に電話をかけて依頼したのだった。ロンドンとは八時間の時差がある東京はすっかり夜のはずだったが、組織犯罪対策部では今夜暴力団事務所への手入れが行われており、幸いにも角田は本庁で待機していたのだ。部下からの連絡を待つだけで暇を持て余していた角田は、右京の願いを聞いて、すみやかに田中良治の身辺を洗ったのだった。

「どうだ、双子か歳の近い兄弟がいただろう？」

勢い込むヨハンセンを右京が押しとどめる。

「いえ、残念ながら。田中良治、つまりロイ堀之内はひとりっ子に間違いないそうです」

「なんてこった」ヨハンセンが天を仰ぐ。「じゃあ、どうやってやつは同じ時間帯にロンドンとバーミンガムにいることができたんだ？」

「テレポートしたというのは本当なのでしょうかねえ」

右京が宙を見つめて呟いた。

賑《にぎ》やかな話し声がしたかと思うと、若い女性がふたりやってきた。ロイ堀之内のアシスタント、橘レナと中野麻美だった。どちらも年齢は二十代前半で、モデルかレースクイーンを思わせる均整のとれた体型。大きな瞳とえくぼがチャームポイントのレナは女子会でもリーダーを任されるような活発な印象を、鋭角的な顎《あご》のラインをウェーブのきいた柔らかそうな髪で覆った麻美は神秘的な印象を与えるが、いずれも人目を引く美人である。ロイ堀之内の審美眼が反映されているものと思われた。

「麻美ちゃんは英語ができないので、わたしが代表してお答えします。それでよろしいでしょうか？」

オランダ人の父と日本人の母を持ち、本名はレナータだというレナが達者な英語で訊いてきた。

ヨハンセンはほっとしたようすで、「英語が話せるとはありがたい。そちらの黒髪のお嬢ちゃんに訊きたいときは、あんたが通訳してくれ」

「わかりました」

レナと麻美が着席し、これ見よがしに美脚を組んだ。ともすると釘づけになりそうな視線をはがしてヨハンセンが事情聴取を開始した。

「ふたりはいつからロイ堀之内さんのアシスタントを務めているのかな？」

「わたしがちょうど二年前、麻美ちゃんはそれより少し短くて一年半ぐらい前からです」

「アシスタントになったきっかけは？」

「マジックの世界には昔から憧《あこが》れていました。スポットライトを浴びて、観客の皆さんに奇跡をお見せするってすごいじゃないですか。特にロイ先生はパフォーマンスが華麗なので尊敬していて、アシスタント募集のオーディションが開かれるという情報を知ったときにダメ元で受けてみたんです。そうしたら、合格しちゃって。夢かと思いました。ちょっと待ってください」レナはここでしばらく麻美と日本語でやりとりをし、「麻美ちゃんも似たようなものです。以前から先生のマジックの虜《とりこ》になって、いつか一緒のステージに立ちたいと思っていたって」

「失礼」右京が前のめりになって割り込んできた。「ロイ堀之内さんのアシスタントはいつも女性ふたりなのでしょうか？」

レナはブルネットの髪を人差し指に巻きつけながら、

「わたしが知る限り、以前からずっとそうです」

「では、あなたが採用されたとき、アシスタントの女性がもうひとりいたことになりますね。その方はどうなさったのですか？」

「ああ、さくらさん……」レナは一瞬ことばをつまらせ、「わたしが採用されたときには、藤峰《ふじみね》さくらさんというわたしよりも三つ上のとても綺麗《きれい》な女性がアシスタントをなさっていました。実はさくらさん、先生といい仲になってしまって……」

「つまり、藤峰さんはロイ堀之内さんと恋愛関係を結び、それが破たんしてアシスタントをやめた。そういうことでしょうか？」

レナはわずかに首をこくりとし、「アシスタントがひとり足りなくなったので、またオーディションをして、麻美ちゃんが採用されました」

「そうですか。ちなみにあなたの前任のアシスタントの方はどうしてやめられたのでしょう？　藤峰さくらさんとコンビを組まれていた方は？」

「それは……」

「もしかして、同じようにロイ堀之内さんと恋愛関係に陥ってしまったのではないですか？」

オランダ人の血が流れるアシスタントは顔を伏せ返事をためらったが、そのことが右京の推測の正しさを立証していた。

「ひどい野郎だな、ロイって男は」ヨハンセンが奇術師を非難した。「女たらしにもほどがある。あんたらも犠牲になってんじゃないのか？」

「そんなことはありません！」レナが毅然《きぜん》と反論した。「わたしも麻美ちゃんも純粋に先生をマジシャンとして尊敬しているだけで、プライベートでは距離を置いています！」

「まあ、せいぜい気をつけることだな」

「あなたに言われる筋合いはありません。あなたの発言のほうがよほどセクハラじゃないですか！」

勝気なハーフの美人に食ってかかられ、巨漢のイギリス人刑事はたじたじとなった。

次の質問はジェントルマン然とした日本人の刑事が行った。

「去年のオーストラリア・ツアーのときにも、おふたりはアシスタントとして同行されたのですね？」

「はい」気を取り直して、レナが答えた。

「ロイ堀之内さんとマーチン・サイトウさんの初めての出会いのときも、あなたがたは同席されていましたか？」

「はい。サイトウさんはとても感動されていて、ぜひイギリスに呼びたいとおっしゃっていました。わたしたちもまたキャサリンに会いたかったから、イギリス・ツアーを実現するよう先生にお願いしました」

「キャサリン?」右京が珍しく戸惑い顔になった。「それはサイトウ邸のハウスキーパーをなさっているキャサリン・オーデルさんのことでしょうか?」

「そうです。すてきなお姉さんで、先生とサイトウさんが食事会を開かれたときにもいらっしゃっていました。ロイ先生のマジックにサイトウさん以上に感動していたみたいです。翌日、わたしたちはフリーだったのでメルボルンの街で一緒に遊んで、すっかり意気投合しちゃったんです。自分もステージに立ってみたいなんて夢を語っていました」

「そうだったのですか」右京は腑《ふ》に落ちたように微笑み、「オーストラリア・ツアーはどのような日程だったのでしょう?」

レナは麻美としばらく話し合ったあとで、「去年の五月、六泊七日の日程で、シドニー公演が二回、メルボルン公演が一回でした。サイトウさんとキャサリンは中日《なかび》のメルボルンに来てくれました」

「そのときにはテレポートは演目に入っていましたか?」

「入っていました。サイトウさんはそのテレポートが特に気に入ったみたいで、アポなしで先生の楽屋を訪ねてこられたんです」

「少々不思議な気がしますねえ」

右京が訝《いぶか》しげに呟いたのを、ヨハンセンは聞き逃さなかった。

「なにが不思議なんです？」

「サイトウさんはロイ堀之内さんのマジックの中でもテレポートに惚《ほ》れ込んでイギリスに招いたようなものです。それなのにサイトウさんを招待した初日のロンドン公演ではテレポートは演じられませんでした。なぜでしょう？　ふつうに考えれば、興行主でありゲストでもあるサイトウさんのために演目にテレポートを取り入れるものではありませんかねえ」

ヨハンセンにも右京の抱いた違和感が伝わったようだった。

「言われてみるとそのとおりですね。おい、そこになにか理由があるのか？」

横柄な口調でヨハンセンに質問され、レナはしばしの間無視していたが、プレッシャーに耐えきれなくなったのか、おずおずと口を開いた。

「オーストラリアから帰国後、先生は左足を骨折されたんです。もう完治していますが、テレポートでは全速で走らねばならない……」

レナは「あっ」と叫び、両手で口をふさぐ。

「なるほど、テレポートでは全速で走る必要がありますか。骨折は治っても、ロイ堀之内さんは、まだ走る自信がなかったのですね？」

右京が優しく問いかけたが、レナはうつむいて黙ってしまった。同じ質問を日本語で麻美にぶつけても、やはり答えは返ってこなかった。

「どうやらマジックのタネ明かしは厳しく禁じられているようですねえ。であれば、ひとつぼくのほうで推測してみましょう。ロイ堀之内さんは日本で足を骨折され、それ以来、いくつかの演目はできなくなっていた。しかし、ロンドン公演のあとでマーチン・サイトウさんから強く望まれ、無理を承知でバーミンガム公演ではやってみた。こういうことでしょうか」

レナは目で同意の合図をした。

「わかりました。本当ならば、バーミンガム公演でのテレポートのお話も詳しくうかがいたいところですが、どのみち口止めされていることでしょうから、いまはやめておきましょう。よろしいですか、ヨハンセン刑事」

「ああ、おまえさんたちも帰っていいぞ」

ヨハンセンが許可すると、ふたりのアシスタントはまるで暴漢から逃げるように一目散に走っていった。

4

ウエストミンスター駅近くのカフェで軽く腹を満たしたとき、ビッグ・ベンの時計台の針は八時を少し回ったところだった。かなり薄暗くはなってきたが、この時期ロンドンの日没は遅く、まだ一時間ほど先だ。遠くに見えるロンドン・アイには青い照明が灯っている。

ヨハンセンの携帯電話が鳴った。通話は一分間もかからなかった。

「スギシタ警部、このあとまだ空いていますか?」

「ええ、とくに用事はありませんが」

「だったら、殺人事件の現場に一緒に行きませんか? キャサリン・オーデルが回復したそうです」

「行きましょう」

ウエストミンスター界隈《かいわい》からリンカーンズ・イン・フィールズに建つサイトウ邸まで、距離にして二キロほど。歩いていけば、ちょうど犯行時刻くらいに到着する計算だった。

午後八時四十分。サイトウ邸ではいまも鑑識の捜査員たちが忙しそうに働いていた。

そのひとり、玄関先で指紋の採取を行っていた細身で眼鏡をかけた神経質そうな捜査員の肩をヨハンセンが気軽に叩く。

「なにか新たな発見は？」

「いえ、これといって特に」

「ちょっとよろしいでしょうか？」

見るからに東洋人の右京が見事なクイーンズ・イングリッシュを操ったので、鑑識捜査員は目を丸くした。ヨハンセンが肩をすくめて合図するのを確認し、「なんでしょう？」と応じた。

「いま調べていらっしゃるのは、テレビドアフォンですね。指紋はどうなっていますか？」

「ボタンとその周辺部分は大勢の指紋が重なっています。おまけに、最後に押した指が手袋をしていたせいか、それ以前の指紋もかすれてしまっており、判別ができない状態です」

「なるほど。このドアフォンのボタンを押せば、自動的にカメラが起動するのですね？」

「ええ。撮影された映像が室内のモニターに映るので、訪問客が誰なのか知ることができます。周囲が暗くなると、このＬＥＤライトが点灯して訪問客の顔を照らしますので、夜間の訪問客にも対応できます」

「録画もできるのですね？」

鑑識捜査員は眼鏡のフレームに手をかけて、「はい。自動的に録画できるようになっています」

「そうですか。よくわかりました」

玄関に入った右京はドアフォンの室内モニターを興味深げにしげしげと見つめた視線を腕時計に落としたあと、ヨハンセンの顔を仰ぎ、「ちょうど八時四十七分ですね。すみませんが、外のボタンを押してもらえませんでしょうか？」

ヨハンセンは自分の顔を指差して、不服げに出ていった。少しして、チャイムが鳴った。モニターの画面いっぱいにヨハンセンの上半身が映っている。日没までまだ時間があるとはいえ、外はすっかり暗くなっているため、LEDライトが点灯していた。そのため、ヨハンセンは眩《まぶ》しそうだった。

右京は通話口に向かって「はい、もう結構です。入ってきてください」と言った。

——人使いの荒い日本人だな。

ヨハンセンのひとりごとをマイクが拾った。右京はにんまりと笑いながら、画面を見ていた。

訪問客を演じた刑事が戻ってきたところで、右京が再生ボタンを押す。モニター画面に目を細めたヨハンセンが現れた。画面はほとんど巨体で隠されていたが、隙間からわずかに背後の植え込みのシルエットが確認できた。時刻表示は二十時四十七分。

――はい、もう結構です。入ってきてください。

――人使いの荒い日本人だな。

右京とヨハンセンの声をスピーカーから再生させたところで、映像は終わった。

ひとりごとを聞かれてばつの悪そうなヨハンセンをよそに、右京は腕時計で時刻を確認した。

「ドアフォンの内蔵時計は正確なようです。ヨハンセン刑事、いまもタブレット端末をお持ちでしょうか？」

「あります。昨夜のロイの映像と見比べてみましょう」

ヨハンセンはタブレット端末を取り出し、昨夜のサイトウ邸のドアフォンの映像を再生した。シルクハットにマントといういでたちの奇術師がびっくりしたような顔で映っている。背後に植え込みのシルエットが確認できる点も、時刻表示が二十時四十七分である点も、いま録画した映像とそっくりだった。

――なぜきみがここに？　まあ、入ってくれ。

サイトウの声に続き、ドアが解錠される金属音がして、映像は終わった。

「昨夜のこの時間、ロイはここにいたんでしょうか？」

画像の消えたタブレット端末を見つめたままでヨハンセンが言った。

「そうだとすると、バーミンガムにいられたはずがありません。ヨハンセン刑事、念のためにいま録画した映像も取り込んでおいていただけますか」

「わかりました」

タブレット端末に画像を取り込む仕事はスコットランド・ヤードの刑事に任せて、右京は改めて室内を見回した。

さすがに築三百年の建物だけあって、石の柱は表面が摩耗《まもう》し、赤レンガの壁は黒ずんで元の色がわからない部分もある。この重厚な味わいは木造の日本家屋には醸《かも》し出すことのできないものだった。

邸内でも捜査員たちが指紋や犯人の遺留品を調べていた。アスリートのように引き締まった体つきの黒人の女性刑事がひとり、若い女性を従えている。

「あの女性がキャサリン・オーデルさんでしょうか?」

右京の質問に、ヨハンセンが即答した。

「そうです」

女性刑事の名前はドロシー・マクレーンというらしかった。同じ殺人課の巡査部長だという。

「先に殺害現場を見てみませんか」

いまのやりとりが聞こえたのか、キャサリンはこちらを振り返った。その顔が一瞬固まった気がしたが、すぐになにごともなかったかのように視線を元に戻した。

右京の要望に応えるべく、ヨハンセンが先に立って歩きだした。左側のふたつめの部屋が現場の書斎だという。

書斎は日本間で言えば六畳ほどのこぢんまりした空間だった。正面に執務机がどんと据えつけられ、左右の壁は本棚で埋まっている。机の前、向かって左寄りに応接テーブルとソファが置かれており、机に行くにはテーブルの右側を通るしかなかった。床には毛足の長い絨毯《じゅうたん》が敷かれていた。捜査員がふたり、絨毯の毛の間になにかめぼしい証拠物が落ちていないかと、丹念に探しているところだった。

「遺体はあの机に身を投げ出すように倒れていたのでしたねえ？」

右京が持ち前の記憶力を発揮すると、ヨハンセンは被害者の立場になって、部屋の中を移動した。

「犯人を招き入れたサイトウは、おそらくこのソファを勧め、自分は机の向こうの椅子に座るために、テーブルの右脇を通って奥へと歩いていったのでしょう。そこを背後から、ブスリ」

右京も近づいてみた。机の手前側にはいまも血痕が残っており、滴《したた》った血が絨毯を一部赤く染めていた。人が争ったり物が倒れたりした形跡は認められなかった。

「短刀の先端は左心室の壁を突き破っていたそうですから、即死だったのでしょうね」

右京はその後もしばらくの間、書斎を調べ、右の壁際に置かれた本棚に興味を示した。目線の高さの段には布が敷かれ、その上に本ではなく、写真立てと優勝カップが少し間を空けて並んでいた。どうやらマーチン・サイトウは地元のクリケットチームに所属しているらしく、写真にはトロフィーを片手にチームメイトの肩を抱くサイトウが写っていた。右京はしばらくその段を見つめていた。

ふたりはいよいよキャサリンから話を聞くことにした。キャサリンはハウスキーパーの控室で待たせているとのことだったので、そちらへ移動する。

控室では、テーブルをはさんでドロシー・マクレーンとキャサリンが座っていた。

「もう、話は聞いたのか？」

巨漢の白人が黒人の女性に問う。

ドロシーは男勝りな口調で、「アダム爺《じい》さんが、事情聴取はあんたと日本人刑事に任せろっていうからとっといてあげたわ。お手並み拝見」

アダム爺さんとはハンブルビー警部のことだろうと、右京は苦笑した。

キャサリンは珍しい赤毛の髪をハウスキーパーらしくポニーテールに束ねていた。大理石のように白い肌は弾力がありそうで、潤みを帯びた青い瞳と相まって、コケティッシュな印象を与えた。

「キャサリン・オーデル、こちらは日本で刑事をされているスギシタ警部だ。俺は昨夜もあんたから話を聞いたが、今日はスギシタ警部がいくつか質問したいそうだ。正直に答えるように」

キャサリンは最初の一瞥《いちべつ》以来、右京と目を合わせようとしなかったが、ついに諦《あきら》めたように顔を上げた。頬《ほお》の筋肉はまだこわばっているようだった。

「オーデルさん、あなたはこの邸に住み込みでハウスキーパーをなさっていると聞きましたが、間違いないですね?」

キャサリンは目でイエスの回答をした。

「ここで働くようになったのはいつからですか?」

「一年ほど前からです。前に働いていた方が急に辞められたそうで、募集があったので応募しました」

キャサリンの声は見かけによらずはきはきしていた。

「具体的にはどのような仕事だったのでしょう?」

「家事一般です。料理と掃除、洗濯、買い物など。旦那さまに頼まれれば、手紙の代筆をしたり、お食事の相手をしたりすることもありました」

「そうですか。では、去年オーストラリアまでバカンス休暇についていかれたのも、サイトウさんに頼まれたからですか?」

キャサリンは青い目を異国人の刑事へ向けた。

「もちろんです。旦那さまの身の回りの世話をするために、旅先まで同行しました。オーストラリアは初めてで気晴らしにもなりました」

「ハウスキーパーが旅行にまでつきそうというのは異例だと思うのですが」

「旦那さまはおひとりだとなにもできない方ですので」

ハウスキーパーは笑顔を作った。

「そうですか。あなたは日曜日のロイ堀之内さんの公演にも、サイトウさんと一緒に行かれたのですか？」

「はい、マジックが大好きなので連れていっていただきました。あ、あたしってなんて愚かなんでしょう」キャサリンが立ち上がった。「すぐにお茶をお持ちします。それともお酒のほうが？」

「いえ、どちらも結構ですよ」

右京は遠慮したが、キャサリンは振り返りもせずに部屋を出ていった。ドロシーがヨハンセンと右京に目配せして、あとを追う。

「ちょっと心を落ち着かせたいのかもしれません」

右京がキャサリンの心理を分析する。

ヨハンセンが低く唸ったとき、キャサリンがティーポットとティーカップの載ったトレイを運んで戻ってきた。

「すみません。気が回りませんで」

「わざわざ申し訳ありません。それではせっかくですから、いただきましょうか」

右京のことばに追従《ついじゅう》するようにうなずくヨハンセンを見て、キャサリンは左手でポットの取っ手を持った。三客のカップに紅茶を注ぐと、ソーサーごと右京、ヨハンセン、ドロシーの前に置いた。

「ありがとうございます。これはフォートナム&メイソンのロイヤルブレンドですね。すばらしい香りです」琥珀《こはく》色の液体をひと口すすって、右京が質問を再開する。「昨夜、サイトウさんの遺体を発見されたときのようすを教えていただけますか？」

「はい。毎週水曜日はお休みをいただいています。それでアデル――アデル・デクスターという同い年の友人です――と一緒に外で遊んで夜の十一時過ぎに帰ってきたら、門の扉は鍵がかかっていませんでしたし、玄関のドアは開けっぱなしでした。旦那さまはいつも十時頃ベッドに入られますが、戸締まりにはうるさくて、昨夜のようにあたしがいないときには必ず自分で鍵を閉められます。あたしは合鍵を預かっていますので。びっくりしてなにかあったのかなと思って書斎を覗くと、旦那さまが机にもたれかかっていらっしゃいました」

ハウスキーパーは一気に語った。

「書斎の電気は点《つ》いていましたか？」

「点いたままでした。それで背中になにか刺さっているのがわかりました。そばまで近づいてみたんですが、怖くてお体に触れることができず、いくら名前をお呼びしても返事がないし、慌てて警察に通報しました」

「救急車ではなく、警察ですか？」

「だって、出血もただごとではなかったので、亡くなっているに違いないと思ったんです。実際、そのとおりでした」

キャサリンはポケットからハンカチを取り出し、目頭をぬぐった。

「警察が来てからは？」

「いまと同じような話をこちらの刑事さんたちにしているうちに、気分が悪くなってきました。旦那さまの姿がつい頭に浮かんできて……」

「それで寝込んでしまった？」

キャサリンは細かく何度も首を縦に振ると、「ごめんなさい。とても立っていられなくなってしまいました」

「かまいませんよ」右京はハウスキーパーを冷静に見つめ、「では、あなたはドアフォンの映像をまだ見ていないのですね。ヨハンセン刑事、お願いします」

ヨハンセンがタブレット端末を操作し、テーブルの上に置いた。ロイ堀之内の映像が再生される。キャサリンはハンカチを手に持ったままそれを眺めると、震える声でたあと答えた。

「この人、ご存じですか?」とタブレットの画面をキャサリンに見せた。

キャサリンはしばらく考えたあと、右京へ交互に視線を走らせた。


「あ」と答えた。

「あなたはこの訪問客に見覚えがありますね?」

「この人……」と言ったまま、キャサリンはタブレットと右京へ交互に視線を走らせた。

右京は苦笑しながら、「むろん、ぼくではありません。さっきぼくの顔を見てびっくりされたのは、ぼくがあなたの知っているこの訪問客に似ていたからですね?」

「すみません」

身を縮めてすっかり恐縮するハウスキーパーを右京が慰めた。

「ヨハンセン刑事からも間違われたくらいですから、あなたがそんなに気にする必要はありません。話を戻しますが、この人を知っていますね」

「ロイなんとかという、日本人の奇術師の方です。オーストラリアでもお会いしましたし、先週土曜日にここを訪ねていらっしゃいました。この人が旦那さまを殺した犯人なのですか?」

「いまそれを調べているところです。サイトウさんとロイさんの間にトラブルがあったかどうか、あなたはご存じありませんか?」

キャサリンはしばし考えたあと、「お客さんがいらっしゃったときにずっと同席しているわけではないのでわかりません。あたしの知っている限りではトラブルなんて聞いたことがありません」

「では、ロイさん以外の人で、サイトウさんに恨みを抱いていた人の心当たりはありませんか?」

「旦那さまはあたしにお仕事のことを話したりなさらないのでわかりません。お役に立てず、すみません。ただ、この前のミュージカルでの失敗以来、このお邸にもいろんな電話がかかってくるように……」

キャサリンの語尾が尻すぼみになる。

「電話ですか?」

あいの手を入れると、キャサリンは胸につかえていたものを吐きだすようにひといきにぶちまけた。

「ミュージカル公演取りやめに関する苦情、借金の督促、マンションの住民からのクレーム、クレーム、クレーム、クレーム。旦那さまの代わりにあたしが電話を取ると、すごい剣幕で怒られて……だってしかたないじゃないですか、あたしにどうしろと……とにかく、もう、ノイローゼになりそうでした。弁護士のクリーズさんからは気にしなくてもいいって言われましたけど……」

ドロシーがさっと立ち上がり、泣き崩れたハウスキーパーの背中をゆっくりさすった。

キャサリンは次第に落ち着きを取り戻し、ふっと息を吐いた。

「たびたびすみません。取り乱してしまいました」

右京はなにごともなかったかのように、「もう少しだけがまんしてください。一応、念のために昨日一日のあなたの行動を教えておいていただけますか」

キャサリンはなおもしばらく呼吸を整えていたが、やがてぽつりぽつりと語りはじめた。

「ふだんは買い物などを除くとずっとお邸に閉じこもっていますので、休みの日はなるべく外出するようにしています」

「気分転換のためですね。昨日はどちらに？」

「午前中はたまった用事を片づけなければなりませんでした。自分の服の洗濯をしたりとか、手紙を書いたりとか。昼前にお邸を出て、リージェント・ストリートまで買い物に出かけました。と言っても、ほとんどウィンドウ・ショッピングで、実際に買ったのは洋服を一着だけです。三時にアデルと待ち合わせをして、ピカデリー・サーカスのカフェでお茶しました。彼女は看護師をやっているんですが、ちょうど昨日は夜勤明けのお休みでしたので、久しぶりに会いました」

「なるほど。続けてください」

すっかり調子を取り戻して報告するキャサリンに右京が先を促す。

「そのあともずっとアデルと一緒でした。四時半から映画を一本観て、七時からはオペラ、終わったあと帰宅すると、十一時を回っていました」

「おや、オペラに行かれたのですか！」

突然右京の目が輝く。

「はい。ロイヤル・オペラハウスで『アイーダ』をやっていましたので、それを観にいきました。近くなので便利なんです」

コヴェント・ガーデンのロイヤル・オペラハウスとリンカーンズ・イン・フィールズのサイトウ邸は四百メートルほどしか離れていない。

「奇遇ですね。実はぼくも昨夜、同じオペラを観ていたのですよ。そうそう、第三幕のアクシデントには驚きましたね」

右京が手を打つと、キャサリンも嬉《うれ》しそうに応じた。

「アイーダ役の歌手がステージで転んだアクシデントですね。あれはちょっと笑っちゃいましたけど、全体的にはすばらしいできだったと思います」

「おっしゃるとおり。カーテンコールの最後までいらっしゃいましたか？」

「ええ。感動したので、十一時前までアデルと語り合っていました。それで帰宅すると……」

ハウスキーパーは雇用主の死を思い出したのか、せっかく高揚した気分がみるみる萎《しぼ》んでいくようだった。

「よくわかりました。今夜はこれで結構です」

解放されたハウスキーパーは刑事たちに一礼して部屋を出ていった。ドロシー・マクレーンがするっと右京の前に立った。

「アデル・デクスターから裏づけをとったほうがよいでしょうか？」

「そうですね。一応お願いできますか」

右京の依頼を受けると、黒人女性刑事はただちに部屋を出ていった。

「スギシタ警部はキャサリンを疑っているのですか？」

「そういうわけでもありませんが、なにごとにも予断は禁物ですので」

ヨハンセンはこれ見よがしに肩をすくめてみせた。

部屋のドアがノックされ、若い刑事が戸口に現れた。巨漢の中堅刑事に駆け寄り、なにやら耳打ちした。その内容をヨハンセンが右京に伝える。

「弁護士が来たそうです」

「先ほどのオーデルさんの話に出てきたクリーズという弁護士ですか」

「ええ。呼んで話を聞きましょう。じゃあ、ここへ連れてきてくれ」

命じられた刑事はいったん姿を消し、数分後ひとりの男を伴って戻ってきた。マーチン・サイトウの顧問弁護士エドワード・クリーズの年齢は五十歳見当、金髪を短くまとめた長身でよく日焼けしたスポーツマンタイプの男だった。日本人の刑事が同席しているのが解《げ》せないようすだったが、ロンドン警視庁が正式に協力要請を出しているとヨハンセンが説明し、ようやく納得した。

「いくつかお話を聞かせてください」事情聴取はヨハンセンが行った。「マーチン・サイトウとの契約はいつからですか？」

クリーズが椅子の上で長い脚を組む。

「もう十年にはなるかな。かなり長いつきあいだよ」

「サイトウさんを殺した犯人を捕まえるため、ご協力をお願いします。被害者は仕事上でなにかトラブルを抱えていましたか？」

ヨハンセンのストレートな質問に長身の弁護士は苦笑いを隠せなかった。

「守秘義務があるんだが、調べればすぐにわかることだからいいだろう。ブロードウェイ・ミュージカルの失敗は聞いているだろう？」

「劇団側がキャンセルを申し出たとか」

「あのときは大変だったよ。サイトウ氏としては一流の劇団を招いてイベント・ホールに箔《はく》をつけたかったんだろうが、残念ながら彼の箱は劇団の眼鏡にかなわなかった。照明や音響の設備が向こうの要求水準を満たしていなかったわけだよ。備えつけの設備で不満があるならば、自前で持ってくればいいじゃないか。サイトウ氏はそう主張した。事実、契約書にもその旨は記載されている。しかしながらホールの構造自体、持ち込みの設備に対応できる設計にはなっていなかった。劇団の演出や機材の担当者が下見に来たときに、その点を指摘している。その場でサイトウ氏は、公演日までになんとか改修すると約束した。にもかかわらず、間に合わなかったんだな。ロンドンへ来てから不備が明らかになったので、劇団側は激怒した。私も間に立って仲裁しようとした。急きょ別のホールを借りる算段をしたりして手を尽くしたんだが、向こうの怒りは収まらず、結局公演をキャンセルして帰国してしまったんだよ」

弁護士は努めて冷静な口調を装ったが、その目は内心穏やかではないことを雄弁に語っていた。

「非はすべてサイトウさんサイドにあったのですか？」

「まあ、そうだな。裁判でも勝てる見通しはなかったので、先方の要求どおり、違約金を払うことにした。公演キャンセルによる払い戻しもあり、相当な赤字を抱え込んでしまったわけさ」

「それで借金をしなければならなくなってしまったんですか？」

「借金？」クリーズは一瞬とぼけたが、すぐに認めた。「もうそこまで調べがついているんだ」

「この家のハウスキーパーが借金の督促電話を受けています」

ヨハンセンの説明を受け、弁護士は合点《がてん》がいったようだった。

「ミュージカル公演の中止が引き金となって、ホールに悪い評判が立ち、以後のイベントが次々にキャンセルになった。それぱかりか、〈サイトウE&E〉が手掛けた高級マンションも手抜き工事が発覚して評価額が暴落したんだ。それやこれやで経営は火の車となり、このところサイトウ氏は融資してくれる金融機関を求めて奔走していたよ。一部は性質《たち》の悪いところからも借りたりしていたみたいだ」

「首が回らなくなっていたわけですか。いろいろなところから恨まれたでしょうね」

「ひとつひとつ把握してはいないが、一連の騒動で被害を被《こうむ》った人間はかなりの数にのぼるだろう。特にマンションの住人にとっては資産価値が減ったわけだ、憤りを覚えて当然だよ。損害賠償訴訟も何件か起こされそうだとぼやいていた」

お手上げというポーズをとる長身の弁護士に、巨漢の刑事が別の角度から質問を放った。

「被害者の遺産はどうなっていますか？　相続するのは誰です？」

「実は……」クリーズは少しの間ためらって、「皆さんが想像されているほどの遺産ではない。いま申し上げたような事情で、個人資産もすべて事業の損失の穴埋めにつぎ込んでいたからね。それでも故人が保有する不動産をすべて売り払えばそこそこの金額にはなるのかな。独身だったので、一番近い親戚はお姉さん――この人もすでに亡くなっているのだが――のひとり息子、故人にとっては甥《おい》にあたる人間だ」

「甥というのはどういう人物でしょう？」

「フレッド・ホジキンスン、三十八歳。〈サイトウE&E〉の興行部門の取締役。もしかして、フレッドを疑っているのかな？　さっきから言おうと思っていたのだが、犯人はロイ某という日本人マジシャンじゃないのか？」

問いかけに応じたのは右京だった。

「どうしてそれをご存じなのでしょう？　まだ警察からは発表になっていないはずですが？」

弁護士は日本人刑事を横目でにらむと、「だてに弁護士をやっているわけではないからね。それくらいの情報網は持っているとも。再度訊くが、犯人はあなたと同郷の奇術師ではないのかな？」

右京は立ち上がると、後ろ手を組んでにんまり笑った。

「もちろんロイ堀之内さんも容疑者のひとりですが、まだ容疑者を彼だけに絞り込んだわけではありません。そうそう、あなたにひとつ確認したいことがあります」

言いながら右京は腰を折り、左手の人差し指をクリーズの顔の前で立てた。

「なんだ、いったい？」

「マーチン・サイトウさんはミュージカルの劇団との交渉に失敗したあなたを責めたりなさらなかったのでしょうか？」

「もちろん責められたよ」クリーズの瞳に怒りの炎が点《とも》る。「役立たずだとか、おまえに金なんて払うもんかとか、けちょんけちょんだった」

「そうですか。そんな叱責《しっせき》を受ければ、サイトウさんに恨みを抱いても不思議はないですねえ。ちなみに昨夜はどこにいらっしゃいましたか？」

「私を疑うつもりか。失敬な。帰らせていただく！」

弁護士は勢いよく椅子から立ち上がると、大股で憤然と去っていった。

「おやおや、怒らせてしまいましたかねえ」

クリーズの後ろ姿を見つめながら、右京がこぼす。ヨハンセンが豪快に笑い飛ばした。

「なに、気にすることはありませんよ！　今日はこれくらいにして、パブで一杯やりにいきませんか？」

ビアグラスをあおるしぐさをするヨハンセンに、右京が同意した。

「おつきあいしましょう」

ヨハンセンの行きつけのパブ〈グリフォン〉はピカデリー・サーカスの近くにあった。賑やかなスタンディング・カウンターの人ごみをかきわけて奥へ進むと現れるテーブル席の一番端がヨハンセンの専用エリアになっているらしい。だが、今日は先客がいた。薄暗い照明の下、テーブルに両肘《ひじ》をついてミートパイをぱくついているのはアダム・ハンブルビー警部だった。

「ようやくお出ましだな、ご両人」

ハンブルビー警部が顔を上げた。口の周りにソースがついていた。

「待ち伏せですか」

ヨハンセンがソファに尻を乗せた。テーブルとソファの間が狭く、ひどく窮屈そうだ。

右京はハンブルビーの隣の椅子に腰かけた。

「おまえさんのことだ。必ずここに来ると読んだんだよ。それにここのミートパイは絶品だからな」

三人は地元のエールであるロンドンプライドをパイントグラスで注文し、乾杯をした。

「さて、今日の首尾を聞かせてもらおうか」

どうやらハンブルビーは今日のふたりの捜査内容を聞くためにここで待ち構えていたようだ。ヨハンセンがエールで喉《のど》を潤しながら報告する。ときおり右京が口を挟み、補足説明を加えた。ひととおり報告を受けたロンドン警視庁の警部が右京に訊いた。

「スギシタ警部はロイ・ホリーノーチが犯人だとは考えていないのですか？」

「以前も言いましたが、人は同時にふたつの場所に存在できません。犯行時刻前後にバーミンガムで公演していたのがロイ堀之内であるならば、サイトウさんを殺害したのは別の人物ということになります」

ヨハンセンが三人分のエールのお代わりを運んできた。ハンブルビーはパイントグラスを受け取ると、一気に半分ほどを喉へ注ぎ込んだ。

「テレポートにはタネがあるというわけだな?」

「奇術である以上、なんらかのタネはあるはずです。それを解明することはその気になれば難しくはないと思います」

「ビッグ・ベンの前の写真も、サイトウ邸のドアフォンの映像も説明できるんですか。そりゃあ凄《すご》いや」

ヨハンセンが目を丸くした。右京はにんまりと笑ったあと、真面目な顔になった。

「それよりも問題は、ロイ堀之内さんがなぜわざわざトリックまで弄して自分が犯行現場にいたように装ったのか、という点です。それが合理的に説明できれば、真犯人も浮かび上がってくるのではないか、と思います」

「だったら簡単だ。明日さっそく奇術師を締めあげましょう。俺にまかせてください。なんとしても自白させますよ」

ヨハンセンが怪気炎を上げた。だが、巨漢の意気込みは空回りに終わる運命だった。

5

翌朝、ホテルの快適なベッドから右京を引き離したのは電話のベルの音だった。枕元の時計を見ると、まだ五時二十分。昨夜ハンブルビー警部、ヨハンセンと別れて五時間しか経っていない。

「もしもし、杉下です」

この時間、日本は昼間である。てっきり日本からの電話かと思うと、五時間前に別れたイギリス人警部の声が受話器から流れてきた。

――スギシタ警部、早朝から申し訳ない。事件に進展があった。知らせておいたほうがいいかと思ったもので。

「どのような進展でしょう?」

――宿泊先のホテルの部屋でロイ・ホリーノーチの死体が見つかった。

「おや、殺人ですか?」

――私もついさっき連絡を受けたばかりで、まだ自宅にいる。細かいことはまだわからないが、自殺だそうだ。これから車で現場に向かう予定だが、興味があるようなら、途中でピックアップしようか?

「お願いします」

十五分後にハンブルビーがホテルの前に車を駐《と》めたときには、右京はすっかりしたくを整えてロビーで待っていた。ハンブルビーはわずかな時間で身だしなみを整えた日本人の教え子に賞賛の眼差しを浴びせ、車を出した。ロイ堀之内の一行が宿泊しているホテルまでは車で約二十分の距離だった。

ホテルではすでに初動捜査が始まっていた。クルーは全員四階に宿泊していた。その一角に渡された立ち入り禁止のテープの外から、早朝に叩き起こされたクルーの一行が不安そうに覗き込んでいる。

ハンブルビーが近くにいた制服警官を捕まえた。

「第一発見者は？」

「その男です」

制服警官が指差したのは制作兼大道具担当の重富益男だった。重富はランニングウェアにランニングシューズというこの場にそぐわない格好をしていた。

英語が覚束《おぼつか》ない重富へは右京が質問した。

〃重富さん、あなたがロイ堀之内さんの遺体を発見されたと聞きました〃

〃はい。早朝のロンドンの街を走ろうと思って廊下に出たら、ロイさんの部屋のドアが少し開いていました。不用心だなと思いつつ、一応ドアを開けてみたら、ドアノブにガウンの帯を引っかけてロイさんが首を吊っていました。すぐにマネージャーを起こして、知らせました〃

〃箕輪有紀子さんですね。部屋の中には誰も隠れていませんでしたか？〃

〝室内へは入っていませんが、私は発見したときからずっと廊下にいますので、誰かが出てきたなら見逃すはずはありません〟

〝そうですか。またあとでお話をうかがうかもしれません〟

右京は仕入れたての情報をハンブルビーに伝え、テープをくぐって犯行現場となった部屋の前へ移動した。ドアのすぐ後ろにナイトガウン姿のロイ堀之内が仰向けで寝かされていた。ガウンの帯は外され、ロイ堀之内の遺体の傍らに置かれていた。首に帯の痕《あと》が残っている。さらにベッドの下には男物の万年筆が落ちていた。

遺体のそばへ近づいた右京は、その場でしゃがむと遺体の首や手足などを軽く触った。

「死後硬直はまだ首まわりだけのようです。死後三、四時間といったところでしょうか」

ハンブルビーは腕時計をちらっと見て、「いま午前六時だから、亡くなったのは深夜か。自殺だろうか」

「こちらをご覧ください」

初動捜査を行っていた刑事がハンブルビーを呼んだ。デスクの上にノートパソコンが置かれ、英文が表示されている。

――本当に私がサイトウを殺してしまったのかもしれない。テレポートなんかしなけりゃよかった。

ハンブルビーは渋面を浮かべた。

「遺書か。だとすると、こちらの万年筆はどう見る?」

「被害者の所持品かもしれませんし、違うかもしれません。指紋が残っているようなので、照合すれば明らかになるでしょう」

右京の意見を認めたハンブルビーが、鑑識捜査員を手招きした。

「おい、こいつの指紋、至急照合してくれ」

部屋の外で「道を空けろ」「通してくれ」と騒ぎたてる声がして、ドア口に巨大な人影が現れた。エドガー・ヨハンセンの遅ればせながらの登場だった。

「くっそー、締めあげる前にくたばっちまったのか。この奇術師がテレポートしてサイトウを殺したんですね? そして罪を認めて自殺した。口論にでもなったんでしょうかね?」

「テレポートなんていう不可能犯罪を認めろというのか?」

ハンブルビーが舌打ちした。

部屋の中には他にめぼしい証拠は残っていなかった。三人は空き部屋に場を移し、クルーから話を聞くことにした。

最初に呼ばれたのはマネージャーの箕輪有紀子だった。昨日会ってからまだ半日も経っていなかったが、一気に四、五歳老け込んだように見えた。化粧の有無で印象が一変している。妙におしゃれなデザインのピンクの眼鏡はすっぴんの素顔から浮いていた。

「昨日、あのあとの行動を教えてもらえるかな」

ヨハンセンが口火を切ると、有紀子は眉間《みけん》に皺《しわ》を寄せた。

「河野くんを誘ってロンドン観光を楽しみましたわ。ロンドン塔とタワー・ブリッジを見学したあと、水族館に行き、ロンドン・アイに乗って夜景を堪能しましたの。リージェント・ストリートのレストランで夕食をとって帰ってきたら、二十二時を回っていたかしら」

「その間はミスター・コーノと一緒だったわけかな？」

「ええ。ちょっと吸ってもよろしいかしら？」

有紀子は返事も待たずにバッグから日本製のたばこを取り出すと、右手で一本つまんで火を点けた。嫌煙家のヨハンセンは露骨に顔をしかめたが、部屋が喫煙ルームだったため、無理にやめさせることもできなかった。低く唸りながら、質問を繰り出した。

「ロイ・ホリーノーチが昨日なにをしていたか知らないか？」

「ホリノウチ。こんなことになってしまいましたから、もう無理ですけど、本当は今夜が最後のロンドン公演の予定でしたでしょ。サイトウさんが亡くなられて、予定どおりやるのかどうか微妙な状況になっていて、ロイが直接〈サイトウE&E〉の担当者と交渉していました」

「その担当者の名前は?」

有紀子は視線を宙に泳がせながら煙を肺に吸い込み、少しずつ吐き出した。うつろな瞳に急に生気が宿る。

「思い出しました。ホジキンスンという名前でした」

「フレッド・ホジキンスン。マーチン・サイトウの甥っ子かな?」

「え、そうなんですか? 知りませんでした」

「ちょっとよろしいでしょうか?」右京が入ってきた。「今回の交渉窓口はあなただったとお聞きした記憶があります。それなのになぜ、ロイ堀之内さんが自ら交渉なさっていたのでしょう?」

この質問にマネージャーは顔を曇らせた。

「たしかにここまではわたくしがやってきましたけれど、昨日も申し上げたように、わたくしは元々このツアーに乗り気ではありませんでした。サイトウさんも亡くなられたいま、ただでさえ少ない出演料を支払ってくれるのかどうかもわからないではないですか。無理して最後の公演なんてやる必要はない。それがわたくしの考えでした。それをロイに伝えましたら、彼が自分で交渉する、と」

「それで公演は成立しそうだったのでしょうか?」

「わかりません。今朝までにははっきりさせるとは言っていましたけど」

「なるほど、よくわかりました」

右京が会釈《えしゃく》をしたところで、再びヨハンセンが質問した。

「ロイ・ホリーノーチはサイトウを殺したという遺書のような文面を残して死んだわけだが、それについてなにか心当たりは？」

いちいち指摘するのに疲れたのか、マネージャーは巨漢刑事のいいかげんな発音を訂正せずに、「ロイがサイトウさんを殺せたはずはないわ。だってあのときバーミンガムにいたんだから」

「やはりテレポートはしていないんだな？」

ハンブルビーが問い詰めると、有紀子は無言のままにらみ返した。ヨハンセンが別の質問をした。

「自殺については？」

「自信家の反面、傷つきやすいところもあったから、追いつめられればあるいは。正直、どう考えたらよいのかわからないわ」

「さすがに性格がよくわかってるじゃないか」ヨハンセンは思わせぶりに言うと、「あんた、昔、彼と一緒に暮らしていたらしいじゃないか。私生活では切れた仲なのに、毎日顔を合わせるって、やりづらくはないのか？」

女性マネージャーは一瞬ぎょっとした顔になったが、すぐに表情を戻した。

「プライベートとビジネスは完全に切り分けているから、平気です」

「女癖が悪かったという話を聞いたんだが、別れたのもその辺の理由？」

有紀子はたばこを大きく吸って、煙をヨハンセンの顔めがけて吐き出した。

「そんなこと事件には関係ないでしょ」

「二十二時過ぎにホテルに帰ってからの行動を教えてもらえるかな？」

「シャワーを浴びてから寝ましたわ。今朝重富さんから起こされるまで夢の中でした」

「それを証明してくれる人は？」

「いるわけないでしょう」

忌々《いまいま》しげにヨハンセンをにらみつけ、右手のたばこを灰皿に押しつけた。


次に呼ばれたのは河野丈衛だった。河野が座ったとたんドアが開いて、先ほどハンブルビーが手招きした鑑識捜査員が顔を出した。警部の耳に口を寄せて簡潔な報告をすますと、鑑識捜査員は部屋から出ていった。

「万年筆の指紋、被害者のものとは一致しなかった」

「だとすると、重要な証拠になるかもしれません」

ハンブルビーと会話する右京を河野はぽかんとしたまま目で追っていた。英語を理解できない河野の事情聴取は右京が日本語で行った。

〝昨日は箕輪さんとご一緒に行動されたようですねえ〟

右京が切り出すと、若い照明・音響担当者は頭をかいた。

〝本当のところ、レナちゃんや麻美ちゃんと一緒のほうが楽しかったんだけど、先に箕輪さんに捕まっちゃいましたからね。俺、英語ができないんで、ひとりじゃ観光にも行けないから、助かりましたけどね〟

〝ちなみに、どちらを回られました？〟

〝えっと、最初に行ったのは城です。ロンドン塔っていうんで、タワーかと思ったら城なんで驚きました。次に行った跳ね橋のほうがよほど塔みたいでした〟

〝タワー・ブリッジですね？〟

〝そうそう。それから水族館でサメなんかを見て、でっかい観覧車に乗りました〟

〝ロンドン・アイ。照明は何色でしたか？〟

〝青でしたね。観覧車で夜景を見物したあとは、レストランで夕飯を食ってホテルに戻りました。夜の十時頃だったかな〟

河野が左手首の腕時計に目をやった。ここまでのところ完全に箕輪有紀子の証言と一致していた。

〝そのあとはどうしましたか？〟

〝すぐに眠ろうと思ったんですが、なかなか寝つけなくて読書をしていました。日本から持ってきたミステリーです。読みふけっているうちに日付が変わり、今度こそ眠れるかなと思って横になったら、隣の部屋から言い争うような声が聞こえてきました〟

〝おやおや、隣というのはどなたの部屋でしょう？〟

〝亡くなったロイさんの部屋です〟

右京が通訳して伝えたので、ロンドン警視庁のふたりの刑事も前のめりの姿勢になった。

〝大変興味深いお話です。時間は〇時過ぎということでよろしいですか〟

〝はい。夜中の十二時半頃でした〟

〝ロイ堀之内さんの口論の相手はわかりましたか〟

〝男の声でした。しかも英語でした〟

〝英語をしゃべる男性ですか。他に手がかりはありませんかねえ？〟

ダメ元で訊いた右京に対し、河野はおどけて〝はい〟と右手を挙げた。

〝なにか手がかりがありますか？〟

〝見たんですよ〟

〝見た？〟

〝しばらくしてから隣の部屋のドアが開く音がしたので、気になって廊下を覗いてみたんです。後ろ姿しか見えませんでしたが、金髪の男がエレベーターのほうへ歩いて行きました〟

〝金髪ですか〟

右京がイギリス人刑事たちに伝える。

「あの弁護士、金髪でしたね」

スキンヘッドの巡査部長の思わせぶりな発言を、白髪交じりの警部が注意する。

「エドガー、決めつけるのはよくないぞ。金髪の男なんて、ロンドン中にどれだけいると思っているんだ」

「もちろんわかっていますよ」

右京が話を戻す。

〝他に気づいたことはありませんか？〟

〝いえ、そのあとすぐに眠ってしまって、気がついたら、この騒ぎでした。ロイさん、ああ見えて繊細な人だったんで……〟

続いて重富益男の番だった。ランニングウェア姿の制作兼大道具担当者は落ち着いたようすで刑事たちと相対した。

〝昨日のことですが、ぼくたちが帰ったあとはなにをなさっていましたか？〟

ここでも右京が質問役だった。

〝ランニングをかねてロンドンの街を回っていました。バッキンガム宮殿からハイド・パーク、ケンジントン・ガーデンズの一帯をゆっくり走っていました。ホテルに帰ってきたのは七時くらいだったと思います〟

〝緑の多い一帯ですから、走っても気持ちがいいでしょうねえ。夕食はどうされたのですか？〟

〝外で食べるのも面倒なので、帰ってくる途中の店で食料を仕入れてきて、部屋で食べました。フィッシュ・アンド・チップスとビールという味気ない夕食でしたけどね。イギリスの料理って、どうしてこうも美味《おい》しくないんでしょうね〟

〝それなりのレストランを選べば、満足のいく料理を味わえるのですがねえ〟右京はイギリス通の片鱗《へんりん》をのぞかせて、レストランの具体名を二、三挙げたあと、〝そのあとはどうなさいましたか？〟

〝シャワーを浴びてから、床につきました。九時には眠っていたと思います〟

〝それはまたずいぶんと早いお休みですね〟

〝仕事や飲み会がないときは、いつもそんなものですよ〟重富は照れ隠しに笑って、〝おかげで今朝は五時前に目が覚めました。まだ行っていないリージェンツ・パークや動物園のほうを走ろうかと思って部屋を出たところで、ロイさんが死んでいるのを発見したわけです〟

〝そうでしたか。生前のロイ堀之内さんと最後に会われたのはいつでしょう？〟

〝昨日ランニングに出かけるときでした。廊下ですれ違ったときに、声を掛けられました。そのときにはロイさんは今夜も公演をやるつもりでしたから、これから〈サイトウE&E〉の担当者と話をつけるとおっしゃっていました。それが自殺だなんて、なにがあるかわからないものです〟

〝交渉の相手はフレッド・ホジキンスンですね？〟

〝そのような名前だったと思います〟

結局のところ、重富は女性マネージャーの話を裏づけただけだった。奇術師の死についても、特に有意義な情報は聞き出せなかった。

〝最後にひとつ〟右京が左手の人差し指を立てた。〝テレポートのためにあなたが作った透明の箱には、抜け穴があるのですね？〟

大道具係はしばらく腕を組んで答えを渋っていたが、最後は根負けして口を開いた。

〝ロイさんが亡くなってしまったから、もうタネ明かしをしてもいいでしょう。おっしゃるとおり、あの箱には抜け穴が開いています。透明アクリルの下に高さ三十センチくらいの木製の台座がついていますが、箱の底にからくりがあって、台座の中に抜けられるようになっているんですよ。助手がふわりと布を掛けた瞬間に、台座の中に隠れるわけです。訓練さえ積めば、三十センチの隙間があれば人は身を隠せるものなんですよ〟

〝やはりそうでしたか。どうもありがとうございました〟


アシスタントの女性ふたりからは別々に聴き取りを行った。先に呼ばれた橘レナは手鏡とアイライナーを持ったまま現れた。

「もう終わるんで、ちょっとだけ待ってもらえます?」

レナは英語で断ると後ろを向いて、刑事たちに見えないよう、右手を動かした。二分後に振り向いたときには、目のまわりにくっきりと陰影がついていた。

「気がすんだかな、お嬢さん」

ヨハンセンがからかっても、レナはまったく気にしなかった。

「女はどんなときでも、身だしなみが大切ですからね。それで、なにをお話しすればいいんでしょう?」

ヨハンセンはやや鼻白みながら、「まずは昨日の午後から今朝までの行動を教えてもらえるかな?」

「もちろん。刑事さんたちが帰ったあと、麻美ちゃんとふたりでナイツブリッジまでショッピングに出かけました。前からハロッズには行ってみたくって。あそこって凄く広いんですね。バッグや小物、お土産の紅茶なんかを買って出てきたら、もう七時でした。

地下鉄ピカデリー線でレスター・スクエアまで戻って、チャイナ・タウンで中華を食べました。だって、イギリス料理ってほら、あんまり美味しくないでしょう。あ、すみません」

ハーフのアシスタントがぺろっと舌を出す。

ヨハンセンはやれやれという表情になり、「わが国の料理のまずさについては、これまでにも何度もからかわれているので慣れてるよ。話を続けて」

「ホテルに帰ってきたのは九時半くらいでした。そのあともしばらくわたしの部屋で話をしていて、麻美ちゃんとは十一時過ぎに別れました。シャワーを浴びて、ベッドに入ったのは十二時くらいだったと思います。ぐっすり眠っていたら、五時過ぎに麻美ちゃんからの電話で起こされました。そのとき初めてロイ先生が亡くなられたことを知りました」

「ロイ・ホリーノーチに最後に会ったのはいつかな？」

「いつだろう」レナは一瞬目をつぶり、「昨日の午後ですね。ロイ先生が警察から帰ってこられたときに挨拶をしました。ちょっとお疲れのように見えました」

「自殺しそうに見えた？」

「自殺に追いこんだのはあなたたちじゃない！」レナが瞬間的に感情を高ぶらせた。

「まさか先生が自殺だなんて……」

いかな？」

「まだ自殺と確定したわけではない。彼を殺したいほど恨んでいた人間に心当たりはな
「わかりませんけど……昨日も言いましたが、麻美ちゃんの前任の藤峰さくらさんは先生を憎んでいました。でも、いくらなんでも関係ないですよね。さくらさん、実家の北海道に帰ってしまいましたし。他にはちょっと思い当たりません」

「よろしいでしょうか」ここで右京が口をはさんだ。「先ほど重富さんからうかがいましたが、テレポートに使う透明の箱、底に抜け穴があるそうですねえ。そのまま台座の中へ隠れることができるとお聞きしました」

「ありゃりゃ」レナが再びぺろっとやった。「重富さん、ばらしちゃったんだ。まあ、もう隠す必要もないか」

「バーミンガム公演のとき、ロイ堀之内さんはどうやってテレポートを行われたのでしょう？」

「捜査に必要なんですよね？」

右京が力強く首肯するのを確認し、レナが秘密を打ち明けた。

「台座は客席の反対側にも穴が開いていて、先生はそこから這《は》い出ることができます。わたしと麻美ちゃんが観客の目を引きつけている間に、先生は死角をついて楽屋へ逃げ込むんです。そこから全速力で外の廊下を走って、客席の後ろのドアからそっと会場に

戻ります。スポットライトが当たると先生がそしらぬ顔で客席に座っていて、お客さんたちから喝采を浴びるというのがこれまでのやりかたでした」

「しかし、足が万全ではないロイ堀之内さんはバーミンガム公演では全力疾走ができなかった」

「はい。それで天井から降りてくる構成に変更したんです。これならば移動距離が短くて済みますから。どうやって浮かんだのかなんて、野暮なことは訊かないでくださいね」

えくぼを作るアシスタントに、ヨハンセンが疑問を投げつける。

「おい、それじゃあ、ビッグ・ベンの前の写真と、サイトウ邸のドアフォンの画像はどうやったんだ？」

「それはわたしたちも知らないんです。だから本当にびっくりしました。先生がひとりで考案された技だと思います。いつか訊いてみようと考えていたのに、もう訊けなくなってしまいました……」

もうひとりのアシスタント、中野麻美は部屋に入ってきたときから、ずっとハンカチで目頭を押さえていた。英語をしゃべれない麻美には右京が質問をしたが、昨日の行動については、レナの部屋を出るところまでは新しい証言はひとつも得られなかった。

〝自分の部屋に戻られてからはどうでしょう？〟

さほど期待もせずに訊いたところ、意外な回答が返ってきた。

〝十一時少し過ぎに部屋に戻ったら、部屋の電話が鳴りました〟

〝電話？〟

〝はい。たしかに先生からでした。わたしが部屋に戻るのを待っていらっしゃったみたいで……〟

〝ロイ堀之内さんから夜中に電話がかかってきた。ということはつまり、あなたはロイ堀之内さんと交際されていた。そういうことでしょうか？〟

〝はい〟麻美がすすり泣く。〝レナにも黙っていましたが、わたしは先生とそういう関係でした〟

右京がすぐに通訳すると、ハンブルビーとヨハンセンの顔に驚きが走った。

〝電話はロイ堀之内さんからのお誘いだったのでしょうか？〟

麻美はうなずいたあと、〝すみません〟と言って、バッグから手鏡を取り出した。涙を流したせいか、ハンカチで押さえたせいか、コンタクトレンズがずれてしまったようだった。麻美は右手でそれを直し、もう一度〝すみません〟と謝った。

〝あなたはそのあとロイ堀之内さんの部屋に行かれたのですか？〟

〝行きませんでした。サイトウさんの事件が頭に残っていたので、そんな気分にはなれなかったんです。やんわり断っていると、先生の携帯電話が鳴る音が聞こえました〟

〝ほう、それで？〟

〝先生は『ちょっと待ってくれ。かけ直す』と電話を切られました。一、二分ほどしてまたかかってくると、『今夜は急用ができたので、明日会おう』とおっしゃって……。そのときはほっとしたのですが、まさかあれが最後になるとは……〟

語尾が涙で震えた。

右京は奇術師の携帯電話を操作し、着信履歴を表示させた。

〝たしかに同じタイミングで、公衆電話からの履歴が残っています。思いあたるふしはありませんか？〟

麻美は鼻をすすりながら、こくりと首を折り、そのあといやいやをするように首を振った。

〝そうですか。そのあとはどうされましたか？〟

〝すぐに眠ってしまい、朝、有紀子さんから起こされるまで一度も目を覚ましませんでした。起きたら先生が……〟

麻美の泣き声が大きくなる。

〝ロイ堀之内さんの死について心当たりはありませんか？　恋人のあなたならなにか気づいたことがあるのではないでしょうか？〟

右京が思いやりのこもった声でいくら尋ねても、麻美は首を横に振るばかりだった。

6

三人は金髪で長身の弁護士、エドワード・クリーズから再び話を聞くことにした。電話でアポを取ったところ、午前中は故マーチン・サイトウが創業した会社〈サイトウE&E〉につめているという返事だった。ヨハンセンの運転する車で〈サイトウE&E〉へと向かった。

「万年筆の指紋、あの弁護士のものでしょうか?」

ハンドルを握ったままでヨハンセンが後部座席のふたりに声をかけた。クルーの五人から採取した指紋は、いずれも万年筆に残っていた指紋とは一致しなかったのだ。

「そうだとして」ハンブルビー警部が応じる。「ロイは自殺なのだろうか? だとすると、万年筆はどう関係するのだろう?」

サイトウの会社はシティー・オブ・ロンドンの東に隣接するタワーハムレッツ区にあった。テムズ川岸のこの一帯は、かつてはロンドン最大の港湾地域として栄えていた。戦後物流革命により活気を失った同地区は現在、再開発によって高層ビルが林立するビジネスと商業の街へと生まれ変わり、ドックランズと呼ばれている。

車がドックランズの街並みに入ったとき、ハンブルビーの携帯電話が鳴った。ベテラン刑事は小声で受け、しばらくやりとりしたあと、右京に電話を差し出した。

「マクレーン刑事からです。あなたが直接聞いたほうがよいでしょう」

右京の脳裏に黒豹のような肢体の女性刑事の残像が浮かぶ。

「アデル・デクスターさんの件ですね」

——はい。サイトウ邸のハウスキーパー、キャサリン・オーデルの足取りは、すべて裏づけが取れました。午後はずっと一緒だったそうです。

「そうですか。ありがとうございます」

右京は終話ボタンを押すと、電話をハンブルビーに戻し、いまの会話を伝えた。

「スギシタ警部はサイトウ殺しの件でキャサリンまで疑っていたのですか？」

ハンブルビーが呆れた顔で声を上げると、バックミラー越しにヨハンセンが笑った。

「日本の警察官って誰でも彼でも疑うものなんですかね。もしかしたら俺も疑われているのかもしれない」

〈サイトウE&E〉はテムズ川に面した高層ビルのワンフロアを占めていた。エレベーターを降りると、左右に廊下が延びていて、ひとつずつ扉があった。右の扉が開いていたので、そちらへ向かう。中を覗いてみると、不動産部門の大部屋だった。

創業社長が非業の死を遂げたために、〈サイトウE&E〉の社内はてんやわんやの状態だった。スーツ姿の若い男女がフロアを右へ左へと駆けまわる傍らで、ベテラン社員は電話応対に苦慮している。それでも処理しきれない電話は鳴りっぱなしで、受付では取引先の人間と思《おぼ》しき男が大声で叫んでいた。

一番奥に社長室というプレートが掲げられた部屋がある。クリーズ弁護士はその社長室にいた。故人の遺品である書類を整理しているところだった。デスクの上にはコーラの缶が載っている。クリーズは左手にはめたブランド物の腕時計に視線を落とすと、刑事たちに向き直った。

「約束は九時半からではなかったかな？　まだ九時五分前だけど」

「思ったよりも道が空《す》いていて、早く着いてしまいました」

ハンブルビーがしれっと言うと、クリーズは片頰に冷笑を浮かべた。

「私がなにか証拠隠滅でも図るんじゃないか。そう考えて、謀《たばか》ったつもりだろうが、お生憎《あいにく》さま。本当にサイトウ氏の遺品を整理しているだけだ」

意図を読まれたハンブルビーは開き直った。

「さすが弁護士先生ですね。われわれ警察の行動などお見通しですか。しかし、遺品の整理なら、故人の自宅でやったほうがいいんじゃないですか？」

「サイトウ氏は日頃から公私の区別が曖昧な人で、個人の財産と会社の資産がごちゃごちゃに管理されているんだ。裸一貫から彼が一代で築きあげた会社だから無理もない部分はあるんだが、それにしても弁護士泣かせだよ」

「ところでクリーズさん、電話でもお伝えしたとおり、今日の未明ロイ・ホリーノーチさんがホテルで首を吊って亡くなりました。それについて、いくつかお話を聞かせてください」

「サイトウ氏殺しの有力容疑者が自殺。これで一件落着ではないのかな？」

「われわれはまだ自殺と断定していません」ロンドン警視庁の百戦錬磨の警部はさらりと受け流し、ずばりと切り込んだ。「昨夜、奇術師のクルーたちが宿泊していたホテルへはなにをしにいったんですか？」

「ホテル？　なんのことだ？　私はホテルになど行っていないが」

クリーズが困惑顔になった。まんざら芝居でもなさそうなので、ハンブルビーはやや慎重な口ぶりになる。

「クルーの一員があなたらしき人影を見ているんですよ」

「冗談じゃない。それはいったい何時頃の話だ？」

金髪の弁護士が声を荒らげた。気を鎮めるためか、飲みかけの缶コーラをひと息で飲み干す。

「昨夜——正確な日付は今日ですが——の〇時半頃です」

「馬鹿な。その時間には自宅でもう寝ていたよ」

クリーズが右手のスナップを利かせてコーラの缶をぽいと放り投げる。空き缶は見事に弧を描いてゴミ箱へ吸収された。

「証明できますか？」

「どうせ家族の証言は意味がないんだろう。だったら証明なんて無理だ。私に言わせれば、深夜にばっちりアリバイがある人間のほうが怪しいと思うけどね。ところで、私を見たと言っているのは誰だ？　そんなでたらめを公言しているのなら、名誉毀損《きそん》で訴えてやる」

警部の揺さぶりをクリーズはまったく意に介していないようだった。人違いだと悟ったハンブルビーは潔く引くことにした。

「証人の名前を漏らすわけにはいきませんが、深夜のことですので、見間違いかもしれません。あなたが潔白ならば、なにも恐れることはありませんよ」

「はったりだったわけか。最近の警察はやり口が汚いな」

弁護士が憤然と言い放ったところに、右京が慇懃な物腰で質問した。

「ときにマーチン・サイトウさんの遺産はどのくらいの額にのぼるのでしょう？　昨日はそれほどの額ではないとおっしゃっていたように記憶しています」

「守秘義務があるから答えられないな」

「思った以上に多かったという意味でしょうかねえ」右京がクリーズの顔を覗き込む。「殺人の動機になるくらいには」

クリーズが乾いた笑い声を上げた。

「人は場合によっては百ポンドのためにだって人殺しをするだろう。金額の多寡《たか》が問題ではない」

「ごもっともです。しかし、いまのあなたの発言はとりもなおさず、金額がどうであれ遺産は殺人の動機になりうるとおっしゃっていることになりますねえ」

頭の回転が速い日本人刑事にやり込められて、イギリス人弁護士は舌打ちした。

「逆だよ」

「逆？」

「予想以上に少なかった。私が知らないうちに投資かなにかに金をつっこんで、失敗でもしたのかもしれない。もういいかな。見てのとおり、とっ散らかった遺品を整理するだけで膨大な作業なんだ。これ以上話を聞きたかったら、令状を持ってきてもらおうか」

「それでは最後にひとつだけ」右京が申し出る。「遺産相続人でいらっしゃるフレッド・ホジキンスンさんはどちらでしょう？」

「廊下に出て右の大部屋が興行部門。その一番奥の取締役室にいるんじゃないかな」

「どうもありがとうございました」

三人は踵《きびす》を返し、興行部門の部屋へ向かった。こちらの混乱ぶりも不動産部門と大同小異だった。〈サイトウE&E〉という会社は、おそらく創業社長であるマーチン・サイトウのカリスマ性でここまで伸びてきたのだろう。サイトウが急逝し、会社はまるで女王蜂を失った蜜蜂の巣のように統率を欠き、混乱していた。

ヨハンセンが奥の部屋をノックしても返事がなかった。留守かと思いつつノブを回してみると、スムーズにドアが開いた。窓際に置かれたデスクの向こうの肘掛椅子に憔悴《しょうすい》しきったようすの男が座り、侵入者たちをぼんやりと眺めていた。フレッド・ホジキンスンもまた見事な金髪だった。

「どちらさま?」

無精ひげに覆われたホジキンスンの声は声量が乏しかった。興行部門の取締役は怯えているようにも見えた。

「ロンドン警視庁のアダム・ハンブルビー警部です。こちらは同じくエドガー・ヨハンセン巡査部長、そしてこちらは日本から応援に来られたスギシタ警部」

不意の訪問者が警察だとわかり、ホジキンスンは少し落ち着きを取り戻したようだった。

「社長の葬儀もまだ終わっていないのに、ずっとクレーム対応に追われていますよ。まったく、なんだってんだ」

ハンブルビーが一歩前に出た。

「あなたは故マーチン・サイトウ氏の唯一の親族だそうですね。遺産もあなたが相続なさるとか」

「ああ、そうらしいですね。でも、負の遺産も多いですよ。ご覧になったらわかるでしょう。この会社、もうだめかもしれない。経営責任を問われても参っちゃいます」

「ずいぶんお疲れのようですね」

「昨夜も一睡もしていないし、飯だって、最後に食ったのいつだろう……」

「そんなお取り込み中にすみませんが、いくつか質問させてください」

ホジキンスンは同意のしるしに目で合図した。

「殺害されたマーチン・サイトウさんを恨んでいた人物に心当たりはありますか？」

この質問に対して、ホジキンスンは左手を開いて掲げた。その親指にはなぜか包帯が巻かれている。

「五？　五人って意味ですか？」

「五十人くらいは挙げられると思いますよ。社長、結構阿漕《あこぎ》な商売してたから、悪く言う人間もたくさんいました。ぼくですら殺意を抱いたことがあるから」

「穏やかではありませんね？」

「渋ちんのくせに要求が厳しいんですよ。取引先に対しても、従業員に対してもね。たびたびぶつかって喧嘩《けんか》しました。この親指も社長にやられたんです」

そう言いながら、包帯を見つめる。

「どうなさったんですか？」

「『明日までに十万ポンド集めてくれ』。社長がそう命令したんですよ。あまりに理不尽な要求なので、抗議しようと思ったら社長室に逃げ込んだんです。追いかけようとしてドア枠に指を掛けたとき、思い切りドアを閉められました」

その場面を頭の中で想像したハンブルビーとヨハンセンが顔をしかめる中、右京が話に食いついた。

「それはいつのことでしょう？」

「一週間くらい前だったかな。ロイさんたちがイギリスに来る前日でした。骨にひびが入って、日常生活にたいへんな支障をきたしています。あまり食事をとっていないのはそのせいもあります」

「それはおつらいでしょうねえ」右京は同情を示すと、「ところで昨夜は一睡もしていないとおっしゃっていましたが、もしかして夜中、ロイ堀之内さんの宿泊先まで会いに行かれませんでしたか？」

ホジキンスンは感心したように目を瞠り、「よくわかりましたね。あ、万年筆でわかったのかな」

ロンドン警視庁の刑事たちがにわかに色めきたった。

右京はふたりを手で制し、「それも証拠でしたが、目撃者もいましたので」

「そうですか。見られちゃったのか」

「どんな用事だったのでしょう？」

「ギャラの支払い期日の交渉に行ったんです。さっきの命令でもわかるとおり、この会社、いま本当に余裕がないんです。出費は少しでも抑えたい。だから支払いを延ばしてくれないか、ってね。『ただでさえ安いギャラなのに、いまさらなにごとだ！』って怒鳴られて、すごすごと引き返してきましたけどね」

「人を訪問するにはずいぶん遅い時間のように思えますがねえ」

「ロイさんは夜型で、いつも二時くらいまで起きてるって聞いていたんです。こういう話は夜討ち朝駆けがいいんじゃないかと思って。ま、失敗しましたけど」

ヨハンセンがこの部屋に入ってきて初めて口を開く。

「おまえさん、奇術師から邪険にあしらわれて、帰る途中で怒りが再燃し、戻ってきて犯行に及んだってわけかな？」

挑発されてもホジキンスンのテンションは低いままだった。

「そんな気力なんてあるもんですか。というか、ロイさんって殺されたんですか。自殺らしいって聞いたのに、びっくりだな。彼の部屋に戻ろうとしたのは事実です」

「おやおや」右京が興味を示す。「それはどうしてでしょう?」

「ホテルを出てからようやく万年筆を落としたことに気づいたからですよ。部屋でロイさんに胸倉を摑《つか》まれたとき、胸ポケットから落ちたんだと思い当たりました」

「では、なぜ取り戻さなかったのでしょう」

「エレベーターを降りて顔を上げたら、ロイさんの部屋の前に誰かがいました」

「どんな人物でしたか?」

「すぐにロイさんの部屋に入ってしまったので、ほんの一瞬しか見ていません。確か黒髪だったような……」

ホジキンスンがこれまでで最大の声量で訴えた。

「それは何時のことでしょう?」

「一時前後だと思いますが、はっきりとはわかりません」

「ところで」右京が質問を続ける。「昨夜十一時過ぎにあなたはロイ堀之内さんの携帯に電話をかけましたか?」

「いいえ」ホジキンスンはゆっくりと首を左右に振った。「さっきも言ったように、夜討ち朝駆けで不意をつくつもりでしたから。たぶん予告の電話をしたら、その時点で面会拒否にあっていたと思います」

「もう一点」右京が人差し指を立てた。「サイトウさんはクリケットチームに入っていらっしゃったようですね」

「ええ。地元のシニアチームですけど。一度だけ優勝したことがあって、キャプテンだった叔父はそれをよく自慢していました」

「なるほど」

右京はなにかを嚙《か》みしめるようにゆっくりとうなずいた。

ホジキンスンの部屋を出た右京は、いつのまにか後ろ手に持っていたコーラの空き缶を持ちかえ、エレベーターホールの横のゴミ箱に丁寧に入れた。一連の動作を不思議そうに見ていたヨハンセンが訊いた。

「いつコーラなんか飲んだんですか？」

「飲んだのはぼくではなく、クリーズ弁護士ですよ。社長室から出る前にそっとゴミ箱から拾っておきました」

「え？」

「クリーズさんの指紋も必要かと思ったものですからねえ。万年筆の指紋がホジキンスンさんのものだとわかった以上、もう必要がなくなりました」

ハンブルビーとヨハンセンは思わず顔を見合わせるのだった。

ロンドン警視庁に戻った三人は、会議室でこれまでに得られた情報を整理しはじめた。

「ロイ・ホリーノーチは自殺なのか、それとも他殺なのか」

ハンブルビーが問うと、ヨハンセンが唸った。

「マネージャーの話では、あの奇術師は意外と神経が細かったようです。自殺じゃないですか?」

「そうでしょうか」右京が疑問を呈する。「首吊りを装って殺すことは可能ですし、遺書の偽装も簡単です」

「自殺のセンも残しながら、とりあえず殺されたと考えてみよう。その場合、マーチン・サイトウとロイ・ホリーノーチを殺したのは同一犯と考えてよいものだろうか?」

続いて、ハンブルビーが提示した疑問には、右京が答えた。

「同一犯の可能性が高いでしょうねえ。サイトウ氏を殺した犯人がロイ堀之内さんに罪を着せようとした」

「決めつけるのは危険だが、とりあえず同一犯だと仮定して話を進めよう。被害者ふたりと面識があり、なんらかの利害関係がありそうなのは、クルーの五人、弁護士のクリーズ、〈サイトウE&E〉のホジキンスン、ハウスキーパーのキャサリンくらいかな。

この中に犯人がいると考えられる。ここまでで意見はあるかな？」

「はい」すかさずヨハンセンが発言する。「キャサリンは外してもいいんじゃないですか。奇術師との関わりは薄いですし、サイトウ殺害のときにはアリバイがありますから」

「友人のアデル・デクスターと一緒にオペラを観ていた」と右京。「奇しくもぼくもその日、同じロイヤル・オペラハウスにいました。第三幕のアクシデントも知っていましたから、彼女があの夜『アイーダ』を観たのは間違いないでしょう」

「キャサリンのアリバイは盤石《ばんじゃく》だな。クルーの五人は全員バーミンガムにいたわけだから、少なくともサイトウ殺しに関してはアリバイが成立することになる」

　ここでヨハンセンが異を唱えた。

「ステージに上がっていたアシスタントのふたりに関してはそうでしょうが、他のクルーはどうでしょう。本人がいたと主張しているだけで、もしかしたらこっそり抜け出していたのかもしれません。もう一度、話を聞いたほうがよいと思います」

「ロイ堀之内さんのようにテレポートできる人間がいたならば、バーミンガムからロンドンなんて一瞬ですからねえ」

　右京の本気とも冗談ともつかない発言を咳払いで受け流し、ハンブルビーが続けた。

「サイトウ殺しに関しては、クリーズとホジキンスンが怪しいということになるかな。

マネージャー、制作担当、照明・音響担当のクルーについてはアリバイを再度確認する必要があるが。次にロイ・ホリーノーチ殺しだが、こちらに関しては犯行時刻が深夜なので、全員にアリバイがない。そこで、関係者の証言を振り返ってみよう。ホジキンスンの証言を信用するなら、深夜、ロイの部屋に誰か謎の人物が入っていったことになる。曖昧な証言だが、黒髪だったようだ。その人物が犯人と考えていいのだろうか？」

「ホジキンスンが自分の犯行をごまかすために、嘘をついているのかもしれませんぜ」

ヨハンセンが反論を述べた。ハンブルビーはそのことばをよく吟味したうえで認めた。

「つまり、犯人は誰であってもおかしくないということか」

「俺はホジキンスンが怪しいと思います。やつが遺産目当てに叔父を殺したんですよ。奇術師を殺したのは、ギャラ交渉で揉めたからでしょう」

ヨハンセンが決めつけた。

「殺すに足る遺産だったのかどうか、ちょっと疑問は残るがな」とハンブルビー。「それはそれとして、動機の面から探るというのはいい考えかもしれない。ホジキンスンにはいまエドガーが言ったような動機があった。クリーズはどうだろう？」

「サイトウさんとの仲はあまり良好ではなさそうでしたねえ。ミュージカルの劇団との交渉がうまくいかなかったのはクリーズ弁護士のせい。サイトウさんはそう叱責したそうです。とはいえ、それしきのことで依頼人の命を奪うとは考えにくいですがね」

「いけすかない弁護士野郎ですが、奇術師を殺す理由は見当たりません」

ハンブルビーはふたりの声を踏まえ、「容疑者リストでのクリーズの順位は下のほうってことかな。では、クルーはどうだろう？」

「男ふたりには動機がなさそうに思えます。奇術師との間に仮にトラブルがあったとしても、サイトウとの関係性が希薄です。年長の男のほうはオーストラリアで会っているかもしれませんが、若いほうはオーストラリア・ツアーにも参加していないので、ほとんど接点がありません。ロンドン公演の前日に自宅に招待されてもいませんし、公演当日にサイトウが舞台に上がったときも、裏方でしたし」

「確かにな」警部が部下の意見を認めた。「サイトウとの接点という意味では、アシスタントのふたりもあまりないな。オーストラリアでの食事会やロンドン公演のステージ上で顔は合わせているだろうが、その他大勢の一員として接しただけで、殺害に発展するような恨みを抱く機会もなかったように思える」

「マミでしたっけ、ハーフじゃない女の子のほう。あの娘は奇術師と男女の関係にあったそうですから、奇術師との間にならばなにかあったかもしれません。髪の色も黒です。しかし、おっしゃるようにサイトウとは無関係でしょう」

ハンブルビーはわが意を得たりとばかりに大きくうなずいて、「男女関係のもつれならば、女性マネージャーが一番怪しいな。自分からマミに乗り換えたロイを恨んでもおかしくない」

「事実、奇術師とマネージャーの仲はかなりあやういという証言もありました。それに彼女が犯人ならば、ホジキンスンが目撃したのはあの女という話になります。あの女も黒髪ですし」

レスラーのような体型の刑事がスキンヘッドを揺らして主張した。

「それにあのマネージャーはサイトウにも恨みを持っていたはずだ。今回のイギリス・ツアーの交渉窓口はあの女だった。途中でギャラを値切ったサイトウにいい感情を抱いていたとは思えない」

「彼女の場合、問題はサイトウ殺害時のアリバイですね。それさえクリアできれば、容疑は濃厚です」

「ということは、容疑者リストの筆頭はホジキンスン、次に女性マネージャー、えっと……」ハンブルビーは自分のメモを読み返し、「ミノワだな。スギシタ警部、途中から会話に参加していないようだが、興味を失ったのかな?」

ロンドン警視庁のベテラン警部に指摘され、右京が申し訳なさそうに頭を下げた。

「すみません。つい、考えごとに没頭してしまったものですから。ところで、ひとつ提案があります」

「なんだね?」

「今日にでも、関係者を全員サイトウ邸に招いていただけないでしょうか?」

「ん?　いったいなにをするつもりだ?」

戸惑い気味にハンブルビーが問う。

「ロイ堀之内さんのテレポートのタネ明かしをします。そのあと真犯人を指摘しましょう」

右京がきっぱりと宣言した。

7

その日の夕方、三人は連れだってサイトウ邸へ向かった。あのあと右京は調べ物があるとひとりで街へ出ていった。そして、つい十分ほど前に帰ってきたのだった。車中でもだんまりを決め込んだままの右京に腹を立てたのか、ヨハンセンのハンドルさばきはいつもより荒かった。

三人がサイトウ邸の居間に入ると、待機していた関係者たちが一斉に顔を上げた。期待に輝く目、不安そうな目、当惑を隠せない目、怒りを含んだ目。さまざまな視線が三人に浴びせられた。

「いったいなにをやるつもりだ?　こんなところで時間を無駄にしている暇はないんだ

が」

エドワード・クリーズが真っ先に苛立《いらだ》ちをぶつけた。右京は丁寧に腰を折ると、全員そろっているかぐるりと見渡しながら言った。

「お忙しいところ、すみません。マーチン・サイトウさんとロイ堀之内さんが殺された事件の真相が明らかになりましたので、関係者の皆さまにご説明しようと思って、集まっていただきました」

「いま、ロイ先生が殺されたって言いましたよね！　先生はやっぱり無実だったんですね！」

大きな目をさらに見開いて橘レナが叫ぶ。

「ええ、そう考えています。申し訳ありませんが、橘さんはぼくの話の要点を、英語が苦手な皆さんに伝えていただけますか？」

「わかりました」

「では、さっそく説明を始めましょう」

右京が手を叩いた瞬間、邪魔が入った。

「あの、すみません」消え入るような声で、キャサリン・オーデルが申し出たのだった。

「皆さんに紅茶をお持ちしましょうか？」

「それには及びません」右京が微笑みかけた。「あなたも関係者ですので、そこに座って話を聞いていてください。では説明を始めます」

全員の目が右京に集まった。ハンブルビー警部もヨハンセンも日本人刑事を興味深そうに見つめていた。

「殺人犯を明らかにする前に、ひとつ謎を解いておく必要があります。ロイ堀之内さんのテレポートはどうやって行われたのかという謎です」

「奇術のタネなんてこの際どうでもいい。早く犯人を指摘してくれ」

クリーズが文句を言ったが、右京は折れなかった。

「いや、このタネ明かしもその後の話に関連しているのですよ。ですから、順番に話を進めます。ロイ堀之内さんがステージからどうやって抜け出したのか。これについてはいまは関係ないので割愛《かつあい》します。問題はあの時刻、つまり水曜日の午後八時四十五分から午後八時四十七分、ロンドンにいたという証拠をどう用意したのかというほうです」

「ビッグ・ベンの前の写真とこの家のドアフォンの画像のことだな」

ハンブルビーが確認する。右京は首肯しながらビッグ・ベンの前で撮影された写真を内ポケットから取り出した。

「この写真のほうのタネ明かしは簡単です。ロイ堀之内さんはこの前の月曜日の午後八時四十五分にビッグ・ベンの前でこの写真を予め撮影していたのです」

「それはおかしいですよ。だって、遠景のロンドン・アイがマゼンタ色に光り輝いているじゃないですか。イルミネーションがその色になったのは、水曜日だけです」

右京はヨハンセンの指摘に直接答えるわけでもなく、大道具係の重富益男に質問した。

「あなたは月曜日に急きょテレポート用の箱を作りましたね。その材料の調達から組み立てまで、ロイ堀之内さんも手伝われた。間違いありませんか？」

右京の質問をレナが日本語に翻訳して伝えた。重富は立ち上がると、「イエス」と大声で答えた。

「お聞きになったとおり、ロイ堀之内さんは月曜日にテレポート用の箱を作る手伝いをなさっています。水曜日にロンドン・アイがマゼンタ色になることを事前に知ったロイ堀之内さんは、重富さんが材料の透明アクリル板を買った際に、自分用に赤いアクリル板を少量購入されたのですよ。さっき実際に販売店まで行って確認してきましたから、間違いありません」

重富がレナに耳打ちし、レナが右手を挙げた。

「いまの刑事さんの説明を聞いた重富さんがこうおっしゃっています。『青い光に赤いアクリル板を重ねると赤紫になる』って」

右京は満足そうに笑って首を横に傾けると、「そういうことです。闇に紛れてわかりませんが、この写真は遠景のロンドン・アイに赤いアクリル板を重ねて撮影したわけですよ。よく見ると、左肩の近くだけ周囲と色のトーンが違います。左肩に張り出すようにして、うなじに赤いアクリル板を貼りつけているのでしょう」

「なるほど、それはわかりました」とまたしてもヨハンセン。「しかし、マントの7という数字はどう説明するんです。この数字はテレポートの前にアマンダって娘がバーミンガムのステージ上で書いたって話だったじゃないですか」

「先に読心術のタネ明かしをしましょう」と右京。「アマンダは数字をグレーの枠内いっぱいに丁寧に書くよう求められました。おそらくマントの内側の枠の部分にセンサーが仕込まれていたのでしょう。そのセンサーがスプレー噴射のわずかな圧力を自動的に読み取った。読み取られた数字はおそらくロイ堀之内さんのスマホにでも送られるようになっていたのでしょう」

「そういうことですか！」

「枠いっぱいに丁寧に書かせた。センサーが読みとりやすくするため以外に、もうひとつ理由があります。筆跡をわからなくするためです。ロイ堀之内さんは予め0から9まで数字が書かれた十枚のマントを用意して、撮影に臨んだわけですよ。ビッグ・ベンの時計の針が八時四十五分を指したとき、素早く着替えながら十枚の写真を撮りました。バーミンガムのステージではアマンダさんが7をチョイスしましたから、ロイ堀之内さんは再登場のときに十枚の中から7のマントを羽織った写真が表示されたスマホを持って現れたわけです。彼はマジックに使う小道具や衣装は自分で準備したそうです。アクリル板に細工したり、マントを余分に用意したりは容易《たやす》くできたと思いますよ」

「そうだったのか！」ヨハンセンが悔しがる。「わかってみれば、単純なトリックだな」

「単純なほど、驚きも大きいものです。この調子でドアフォンのほうのトリックも解明しましょう」

そう言いながら、右京はタブレット端末を取り出し、全員の前で例の映像を再生させた。

「この映像は合成されたものなのですよ。ロイ堀之内さんを撮影した画像データに、過去の記録から抜き取ったサイトウさんの音声データをかぶせたわけです。『なぜきみがここに？　まあ、入ってくれ』、このせりふは別に相手がロイ堀之内さんでなくても成り立ちますからねえ。おそらくロイ堀之内さんは事前に0から9までの十枚のマントを着て写真を撮っていたのでしょう。場所は必ずしもここでなくてもかまいません。見てのとおり背景は植え込みのシルエットだけですから、芝居の背景で使う書割《かきわり》でも十分に代用できます。ステージから抜け出したロイ堀之内さんは、裏口へ回り、この家で待機していた共犯者に7の数字が選ばれたことを伝えたわけですよ」

ハンブルビーが逸早《いちはや》く反応した。

「え、そのときこの邸には共犯者がいたのか？」

「ええ、共犯者というよりも実行犯と呼ぶべきかもしれません。ロイ堀之内さんがバーミンガムにいた以上、サイトウさんを刺した真犯人が同時刻にここにいたのは当然です。その人物がドアフォンの映像を捏造《ねつぞう》しました。事前にロイ堀之内さんから預かっていた画像のうち、7のマントを着用したものを八時四十七分にドアフォンのカメラの前に掲げて、証拠映像が残るよう仕組んだのです」

居間に集まった一同の間に緊張が走った。互いが互いの顔に視線を走らせ、誰が真犯人なのかを探りだそうとしている。右京はそのようすをしばし観察したあと、ことばを継いだ。

「サイトウさんは書斎の机に覆いかぶさるようにして亡くなっていたそうです。ロイ堀之内さんがバーミンガム公演のときに持っていたのと同じ形の刃物が背中に突き刺さっていました。刃物はロイ堀之内さんが複数用意し、予め真犯人に一本渡していたのでしょう。ここで注目すべきことは、刃物が左から心臓に刺さっていたという事実です。現場の状況からサイトウさんは背後から襲われたと思われます。最初から狙ったのかどうかわかりませんが、肩甲骨の内側から入った刃は左心室に届いていました。さらに、あの部屋は左側に応接セットが置いてあり、サイトウさんの左側に回りこむことは不可能でした。背後からこのような刺し方をするのは、右利きの人にはとても困難です」

ハンブルビーはなにかを言おうとしたが、右京の表情があまりに真剣だったのでことばを呑み込んだ。

「箕輪有紀子さん」

突然名前を呼ばれた女性マネージャーがびくっと体を震わせた。

「たばこを右手で持っていらっしゃいました。あなたは右利きですね？」

「そ、そうよ」

有紀子は無愛想に同意した。

「橘レナさんは右手でアイラインを引き、中野麻美さんは右手でコンタクトレンズのズレを直していらっしゃいました。ふたりとも右利きでしょう」

麻美はぽかんとしていたが、レナがふたりを代表して、「そうです。間違いありません」と応じた。

「ぼくがロイ堀之内さんとの関係を最初に訊いたとき、重富益男さんは大道具係を説明するために右手で金鎚を振るジェスチャーをなさいました。河野丈衛さんは左腕に時計を巻き、とっさに挙手をしたのが右手でした。ふたりとも右利きと考えてかまわないでしょう」

重富と河野にはレナが日本語で説明している。右京は先を急いだ。

「クリーズ弁護士も腕時計は左で、コーラの缶を投げるときに右手を使われました」

「もちろん私は右利きだよ」

クリーズの声には安堵《あんど》の響きが混じっていた。

「さて、フレッド・ホジキンスンさん。あなたは左利きですね。食事に困るほど日常生活に支障をきたされていたそうですから」

「そうですよ」ホジキンスンは答え、左手を掲げてみせた。「こんなざまですけど」

「そのとおり。ホジキンスンさんはロイ堀之内さんが入国される前日に不慮の事故で左手の親指にひびが入っています。そんな手で刃物をしっかり握るのは不可能でしょう」

「おかげで容疑者から外れるってこと？　社長に感謝しなきゃ」

被害者の甥が軽口を叩いた。

右京はそれを無視し、「ちなみにロイ堀之内さんも右利きでした。右手を鳴らしてたばこを出すマジックを見せてくれました」

有紀子が深くうなずいてそのことばを裏づけると、右京は一番後ろで小さくなっていた人物に向かって声をかけた。

「ということで、関係者の中で左の利き手が自由に使える人物はあなたしかいないんですよ。あなたはポットからお茶を注ぐとき、左手を使われていました」

「そんな馬鹿な！」

ヨハンセンが叫ぶのを無視して、右京が言った。

「キャサリン・オーデルさん、犯人はあなたですね？」

息を切らせたハウスキーパーはうなだれるばかりだった。

「しかし、この女にはマーチン・サイトウ殺害時にアリバイがあったじゃないですか。それも、スギシタ警部と同じオペラを鑑賞中だったのでしょう？」

「あの日、オーデルさんが『アイーダ』の公演を鑑賞されたのは事実です。ぼくも今日アデル・デクスターさんに会って、それを直接確認してきました」

「確認ならすでにうちのドロシーがしたんじゃなかったかな？」

ハンブルビーはやや不満げだった。

右京はそれを受け止め、「ええ、マクレーン刑事のことを信頼しなかったわけではありません。しかし細かいところが気になったものですからね。あの公演、第二幕と第三幕の間に三十分ほど幕間の休憩を挟みました。ぼくの記憶では第二幕が終わったのは二十時三十五分、第三幕が始まったのが二十一時七分でした。デクスターさんに確認したかったのは、この休憩時間中もずっとオーデルさんと一緒だったのかという点です。デクスターさんの答えはこうでした。『休憩時間に入るなり、キャサリンは電話をかけなきゃと言って、姿を消したの。ずいぶん長電話だったみたいで、戻ってきたのは第三幕が始まる二、三分前だったわ』と」

「つまり、二十時三十五分から二十一時過ぎまではアリバイがないってことか」

「ええ。ロイヤル・オペラハウスとサイトウ邸は五分もあれば行き来できる距離です。犯行時刻にサイトウ邸に居あわすことは難しくありません。ハウスキーパーであれば、ドアフォンの構造にも詳しいでしょうし、ロイ堀之内さんと共謀して細工するのもお手の物だったのではないでしょうか」

ヨハンセンが質問をぶつける。

「しかし、奇術師はいったいなんのためにあんなことをやったんです？　スギシタ警部の説明によると、テレポートすると見せかけてステージから抜け出したあと、７の数字が選ばれたことをこの女に連絡。予め用意しておいた十枚の写真のうち７のマントを着たものをセレクトして準備し、おもむろに天井から降りてきたわけでしょう。短刀も途中で楽屋かどこかに隠した。わざわざそんなことをやったのはなぜなんです？」

「ロイ堀之内さんはいくら疑われようと、絶対に捕まらない自信があったはずです。それは当然です。テレポートという超能力を前提にした犯罪をロンドン警視庁の捜査員が認めるはずはありませんからねえ。ロイ堀之内さんは安全圏に留まりつついかにも怪しい言動を行うことで、オーデルさんに捜査の目が向けられるのを防いだわけです。マジックでよく使うミスディレクションですよ」

ハンブルビーがキャサリンに疑問を投げかけた。

「だとしたらどうして仲間のロイ・ホリーノーチを殺したんだ？」

キャサリンの肩が小刻みに震えはじめた。すすり泣く声が部屋を満たす。ハンブルビーは声をかけられず、しばらくその状態が続いた。涙を流したことで落ち着いたのか、キャサリンがとつとつと独白を開始した。

「マーチン・サイトウは……殺しても飽き足らない悪党でした。あたしはただのハウスキーパーとして雇われただけだったのに……彼はあたしを慰み者として扱いました。そんな関係から逃げ出したかったけど、怖くてできなかったんです。証拠をお見せします」

キャサリンが唐突に服を脱ぎはじめた。一同が息を呑んで見守る中、キャサリンは上半身下着だけの裸になった。色白の背中には無数のみみず腫《ば》れが走っていた。そればかりではない。なぐられた痕のような青あざややけどの痕も認められた。

「ひどい」

麻美が目を細めた。

レナはキャサリンの肩に上着を羽織らせて、「恐怖であなたを支配したの？」

キャサリンがうなずく。

「写真も撮られて……逃げることができなくなりました。サイトウはあたしをペットのように扱い、オーストラリアのバカンスにも同行を求め……そこでロイと会いました」

ハンブルビーが推理を働かせた。

「ロイは、きみの窮状に気づいたのか。そして、手助けを申し出た」

「はい。来年、ロンドンで公演を行うことになったので、そのときに助け出してくれると約束してくれました。でもロイが考えた解決策は……」

「自分が殺人犯と疑われるように警察の目を引きつけるので、きみがサイトウさんを殺しても絶対に疑われない。そのように焚《た》きつけられたのではないかな？」

ハウスキーパーはかすかにうなずき、「はい。人殺しなんてできないって断ったんですが、そんな弱腰だといつまでもサイトウから逃れられないと説得されました。一度リンカーンズ・イン・フィールズのお邸に来ただけで、ロイは奇抜な殺害プランを練り上げました。それを聞くうちに、だんだんあたしにもできるように感じられてきて……」

「ロイは優れたマジシャンだったようだ。きみにも上手に暗示をかけたのかもしれない」

ハンブルビーが理解を示すと、キャサリンはまたしても泣き崩れた。ヨハンセンが憐《あわ》れむような目を向ける。

「ロイは女癖が悪かった。あんたを助けたのも、あんたを自分の物にするためではなかったのか？　せっかくサイトウの魔の手から逃れたかと安堵したのもつかのま、次はロイが牙をむいて待ち構えていた。そんな地獄から抜け出すために、あんたはあの奇術師を殺したんだな？」

「違います」きっぱりと否定したのは右京だった。「あなたが日本人奇術師を殺したのは、ロイ堀之内さんとあなたのお祖父《じい》さんの間になにかがあったからではないですか?」

キャサリンがぎょっとしたような目を日本人刑事に向けた。

「お祖父さん? いったいなんの話だ?」

話の展開についていけないハンブルビーに、右京が解説する。

「ロイ堀之内さんの師匠トニー・Oさんについて調べてみました。本名はアントニー・オーデル。キャサリン・オーデルさん、あなたのお祖父さんですね? トニー・Oさんの葬儀のときの写真を拝見しました。柩のそばで泣いていた少女はあなたですね? ご遺族の女性は全員が赤毛でしたので、あなたに会ったときにおやっと思いました。去年のオーストラリア公演にサイトウさんを誘ったのも、ロイ堀之内さんをイギリスに呼ぶようにサイトウさんに働きかけたのも、本当はあなたなのではありませんか? あなたはマジックにとても興味を持っていたようですから」

「ますます話がわからない」ヨハンセンも苛立ちを隠せないようすだった。「いくらなんでも、キャサリンの赤毛が黒髪に見間違えられることはないでしょう。だったら、やはり奇術師を殺したのは別の人間なんじゃないですか?」

「髪なんてかつらをかぶればいくらでもごまかせますよ。順を追って説明しましょう。キャサリン・オーデルさんはマーチン・サイトウさんを殺害するために、ロイ堀之内さんをイギリスに呼んだのですよ。オーデルさん、違いますか?」

キャサリンが右京をにらみつけた。その瞳にはいつしか憎悪の暗い炎がめらめらと燃えており、ついさっきまでのしょげかえった憐れな犯罪者とは別人に見えた。

キャサリンの射るような目を正視したまま、右京がずばり告発した。

「オーデルさん、あなたはサイトウさんの財産を奪うために、ロイ堀之内さんを利用して殺害したのですね」

「しかし」弁護士のクリーズが割って入った。「言ったように、財産はそれほど残ってはいなかった」

「ええ、思った以上に少ないとおっしゃっていましたね。ミュージカルに失敗したときから、サイトウさんは個人の財産が没収されるのを恐れて、少しずつ宝石や貴金属に換えていたのではないでしょうか。そしてそれを隠しとおしていた。キャサリン・オーデルさんはその隠し財産を盗んだのですよ」

「隠し財産だって。いったいそんなものがどこにある？」

クリーズは右京のことばを信じていないようだった。

「ホジキンスンさん」右京が呼びかける。「サイトウさんはクリケットのシニアチームで優勝されたことがあるそうですねえ」

「はい。でもそれがどうかしましたか？」

ホジキンスンは戸惑っていた。

「優勝したときにはトロフィーと優勝カップをもらったようですねえ。書斎の本棚に飾ってあった写真で拝見しました。写真の横に優勝カップはあったのですが、トロフィーは見当たりませんでした。どこか別の場所に保管されているのですか?」

「いいえ。書斎の本棚に優勝カップと並べて置いてあるはずですよ」

「オーデルさん、あなたはトロフィーがどこにあるかご存じでしょうか?」

右京が訊くと、キャサリンは「知りません」と即答した。まるでその答えを待っていたかのように、しなやかな動きでするりと部屋に入ってきた人物がいた。トロフィーを手にした女性刑事のドロシー・マクレーンだった。

「ドロシー、いったいどうして?」

ハンブルビーがマジックに引っかかったみたいに目を白黒させた。

「この日本人刑事さんから、こっそりキャサリンの部屋を探るように頼まれたのよ。そしたら床の下からこのトロフィーが出てきたわ」

ドロシーは右京にトロフィーを渡した。

「しかし、このトロフィーがいったいどうしたというんだ?」

右京とドロシーを交互に見やりながら、ハンブルビーが問う。

「このトロフィー、ずいぶん重く感じませんか?」

右京はトロフィーを軽く揺すって重さを確かめたあと、ハンブルビーに渡した。両手にずっしり重さを感じ、ハンブルビーは思わず目を瞠った。右京が説明を続ける。

「優勝カップと写真立ての間に少し隙間があったのですが、そこの部分だけ敷いてあった布が不自然にへこんでいました。トロフィーはその部分に置かれていたのでしょう」

「そうかもしれないが、それがどうした？」

「写真立てに飾られた写真では、サイトウさんは片手で軽々とトロフィーを掲げていました。このトロフィーだとそうはいきません。別のものにすり替えられているのではないでしょうか？」

驚いたハンブルビーはポケットからコインを取り出し、トロフィーの台座の部分をこすってみた。表面に塗られていたくすんだ色のペンキはすぐにはがれ、黄金の光沢を帯びた表面が現れた。純金だった。

「キャサリン、きみはこの純金を盗むためにサイトウを殺したのか？」

ハンブルビーが問いかけたが、ハウスキーパーの目はトロフィーに吸い寄せられたまままで答えは返ってこなかった。ロンドン警視庁の警部はキャサリンから目を転じ、日本人刑事に訊いた。

「キャサリンが金の亡者だったということはわかった。しかし、ロイ・ホリーノーチはどうしてキャサリンの計画に加担したんだ？　スギシタ警部の話によると、ロイはキャサリンのお祖父さんの弟子ということになるわけだが？」

右京は軽くうなずき、「インターネットにはロイ堀之内さんの情報がいろいろ出ています。彼は自信家だったようですねえ。師匠のマジックを否定するような発言を平気でされています。テレポートも元々はトニー・Oさんが開発されたものではないですか？」

「あんな男、地獄に落ちて当然よ！」キャサリンがハウスキーパーの仮面を脱ぎすてた。「そうよ、あの男が祖父のマジックを盗んだのよ」

「それで脅迫して、ロイ堀之内さんを殺害計画に引きこんだのですね」

そう言う右京に憎しみをぶつけるかのようにキャサリンは自供した。

「そうよ。サイトウの愛人になったふりをして、ベッドで弁護士も知らない隠し財産のことを聞き出した。ちなみに教えてあげるけど、あたしの傷は自分への疑いを軽くするために、自分でつけたものよ。隠し財産を奪うためにロイに手伝わせて、サイトウを殺すことにした。祖父のネタ帳にテレポートの原案が載っていたの。それを元に『盗作を世間にバラすわよ』って脅しをかけたら、そのあとはわたしの言いなりになった。ロンドンにテレポートして、サイトウを殺したように見せかけたの。さすがに奇術師だけあって、立派にトリックを演じてくれたわ。そこだけは褒めてあげてもいいわ」

正体を露《あら》わにした悪女を、ハンブルビーが呆れたようすで睨みつける。

「サイトウ殺しに引きずりこんだあげく、自殺に見せかけて殺したわけか」

「昨夜電話してホテルまで行き、背中の傷を見せながら楽しみましょうと誘ったの。あたしが女王さまの役になりたいって言って、あの男の首にガウンの帯を巻きつけた。あたしにあんな力があるなんて思ってもいなかったみたい。なにが起こったかわからず、もがいていたから『不死身の男じゃなかったんだ』って耳元でささやいてやったわ」

「あなたが、おじいさまから受け継いだマジシャンとして人を騙す才能を、お金のためだけに使ってしまって、果たしておじいさんは喜んでいるのでしょうかねえ」

右京が皮肉めいた口調でキャサリンに忠告した。

「罪を認めるな？」

やりきれないという顔でヨハンセンが言った。

「続きは署で聞いてやる」

ハンブルビーの声がおごそかに響いた。

第2話　シリアルキラーY

1

深夜になっても人通りの絶えることのない香港の街は不夜城の名がことにふさわしい。時計の針が〇時を回り、日付が変わった今も通りは大勢の人で賑《にぎ》わっていた。道行く人々の顔ぶれは中国人が最も多いのは当然として、日本人観光客と思《おぼ》しき一群や欧米人の小グループも散見でき、一九九七年に中華人民共和国に返還されるまで長くイギリス統治下の国際都市として独自の発展をしてきた歴史をしのばせた。

百万ドルの夜景と称されるヴィクトリア・ピークからの眺望をたっぷりと堪能した杉《すぎ》下右京《したうきょう》は、香港島最大の商業地区銅鑼灣《コーズウエイベイ》をそぞろ歩いていた。ヴィクトリア湾越しに九龍《カオルーン》半島の明かりが眺められる。なんといっても目を引くのは左手に見える世界屈指の高さを誇るICCビルの威容である。そのビルの頂上に引っかかるようにして、やや膨らみかけた半月が浮かんでいた。高度を下げた夜間飛行の旅客機がちょうど月を横切るところだった。ランタオ島にある香港国際空港に着陸しようとしているのだろうか。

ロンドンを発《た》った右京が香港に到着したのは五時間ほど前のことだった。時差ぼけのせいで、深夜にもかかわらずまだ目が冴《さ》えている。旅客機からの連想で、右京の脳裏に東京からロンドンへ向かった際の国際線内で起こったささやかなエピソードが蘇《よみがえ》った。

フライト中に気流が乱れ、日本人女性の客室乗務員が右京のスーツにドリンクをこぼしてしまったのだ。背の高い好感のもてる客室乗務員だった。ネームプレートには〝USUI〟と書いてあったのを覚えている。漢字に直せば、臼井か、碓井か、あるいは笛吹だろうか。

そんなことを考えながらヴィクトリア・パークのはずれにさしかかったとき、前方に一台の新しい日本車が停《と》まった。香港で日本車は珍しいものではない。イギリス同様に左側通行なので、右ハンドルの日本車は使い勝手がよいのかもしれない。それでも走っているのはたいてい年季の入ったおんぼろ車で、新車は珍しかった。

右京がその車に目を留めていると、中からふたりの人物が降りてきた。まず助手席から降りてきたのは、ストレートの黒髪を背中に垂らしたパンツ姿の三十代半ばの中国人女性だった。引き締まった体に鋭い眼光、きびきびした身のこなしは右京の同業者を思わせる。女は車の前方にある公園の入り口に向かう。

続いて運転席から降りてきたのは、眼鏡をかけた神経質そうな中国人男性だった。歳《とし》の頃は四十を回ったところ。車にロックをかけた男は車のうしろを回って、女の待つ公園の入り口に向かった。右手にはレザーバッグを持っている。

眼鏡の男が黒髪の女になにか語りかけた。女はうなずくと、先に立って公園の中へ入っていく。男が早足であとを追った。コンビの刑事というわけではなさそうである。好奇心を刺激された右京はふたりを追跡することにした。

ヴィクトリア女王の銅像で知られるこの公園は、朝夕は太極拳を楽しむ市民で、昼は買い物客や観光客でいつも賑やかだった。さすがにこの時間になると人影はずいぶん少なくなっていたが、暗がりで愛をささやくカップルや犬の散歩をする人々の姿がまばらに確認できた。

黒髪の女性は動じるようすもなく、懐中電灯で暗闇を照らしながら左右に視線を走らせていた。眼鏡の男性はそんな女性にひと声かけると、歩道脇の小さな建物へ入っていった。公衆トイレのようだった。

ややあってトイレの中から男の叫び声が聞こえた。転がるようにして飛び出てきた眼鏡男のうしろから、刃渡り三十センチはありそうなサバイバルナイフを手にした筋肉質の若い男がぬっと姿を現した。全身から剣呑《けんのん》な雰囲気を漂わせており、まるで酔っているかのように足元がふらついていた。

若い男が顔をあげた。どこにも焦点が合っていなそうな目が黒髪の女をとらえたとたん、ぎらりと鈍く輝いた。だしぬけに野獣のような雄叫《おたけ》びをあげると、サバイバルナイフを振りかざして、女に向かって突進してくる。

地面に手をついた眼鏡男が黒髪の女に大声でなにか言った。女は緊張した面持ちでジャケットの内側に手を差しこみ、すぐに引き出した。その手にはシグ・ザウエル社の拳銃Ｐ２５０が握られていた。

次の瞬間、拳銃が火を噴いた。銃声が真夜中の公園にこだまする。

拳銃の弾は走り寄る若い男の胸を打ち抜いたようだった。撃たれた衝撃で男の体が宙を舞い、鈍い音を立てて仰向《あおむ》けに地面に倒れこんだ。

すべてはあっという間のできごとだった。

右京は撃たれた男に駆け寄ると、しゃがんで頸動脈に手を当てた。同時に携帯電話のライトで瞳を照らす。脈もなく、対光反射も見られない。弾丸は心臓を貫通しており、男は完全に事切れていた。

みすぼらしい身なりだった。汚れの目立つズボンの裾はほころび、ボタンのとれたままのシャツはところどころ破れている。真っ黒な足に引っかかったままのビーチサンダルはかかとの部分が擦り減っていた。ざっと見た限り、所持品はサバイバルナイフだけのようだった。

「あなたは誰？」

Ｐ２５０を体の前で構えたまま、女が英語で訊《き》く。

右京は立ちあがると、両手を頭の上に挙げて、「日本の警察官で杉下右京といいます」ときれいな英語で答えた。

「わたしは香港警察刑事部のビビアン・ウォン督察。日本の警察官がなんの用？」

右京は督察という階級が日本の警部補に該当することを知っていた。

「別に用があったわけではありません。公園のそばをたまたま通りかかったら、あなたたちの車が目の前に停まりました。あなたたちのようすに興味を覚えて、こっそりついてきてみただけですよ」

「あやしいわね。一緒に警務処本部まできてもらうわ」

ビビアンは右手で拳銃を持ったまま、左手で携帯電話を取り出した。そして、早口の中国語でなにかをまくしたてた。五分後、サイレンが公園の周囲で鳴り響き、警察の援軍と救急隊が到着したときには、いつのまにか幾重にもやじうまの人垣ができていた。

香港警務処本部は銅鑼灣に隣接する灣仔《ワンチャイ》地区にあった。右京はいったん取調室に入れられたが、すぐに日本の警察庁に照会して身元が判明したらしく、刑事部長室へと移された。刑事部長のディック・チャウという紳士然とした男が立ち上がり、右京に頭を下げた。

「こんなところまでご足労をおかけして、申し訳ありませんでした。まったく、このビビアン・ウォンの独断専行には私も手を焼いていて……。おい、きみもちゃんと謝りなさい」

刑事部長に促されて、ビビアンがふてくされた顔のまま、お辞儀をした。横にいた眼鏡の男も慌ててしたがった。

「いえ、かまいません。ウォン刑事には、ぼくが捜査の邪魔をしているように見えたのでしょう。状況から考えて、いたしかたないと思います」

右京が理解を示すと、チャウ部長はなおも申し訳なさそうな顔で言った。

「そうおっしゃっていただけると助かります。実はあなたにもうひとつ確認したいことがありまして」

「おや、どんなことでしょう？」

「ご存じのように、ビビアンは今夜男を射殺してしまいました。この発砲が妥当なものであったのかどうか、その場面を目撃していたあなたのご意見をうかがいたいのです。たとえ凶悪犯だとしても、抵抗もしていない者を撃ち殺すのはいくらなんでも許されないことですから」

「正当防衛です！」ビビアンが食ってかかるような調子で主張した。「男がサバイバルナイフを振りかざして、わたしのほうに突進してきたんですから！」

「いいから、きみは少し黙っていなさい。スギシタ警部、実際のところ、どうだったのでしょうか？」

「ウォン刑事のおっしゃるように、男が勢いよく襲いかかり、身を守る必要があったのは事実です」

「それにしても威嚇射撃程度にするべきだったのでは？」

刑事部長が言うと、ビビアンが長い髪を振り乱して力説した。

「男はわたしの命を狙っていたわ。あの目を見たら一目瞭然だった。殺さないとわたしがやられたわ。相手はシリアルキラーYかもしれないのよ！」

「シリアルキラー？」

思いがけない単語に右京が関心を示す。

「そうか、考えてみると、スギシタ警部はシリアルキラーYのことをご存じないんですな。実はいま香港ではこんな事件が起こっているのですよ」

チャウ部長はそう前置きし、香港を恐怖のどん底に陥れている猟奇殺人事件について語った。

このふた月の間に香港では四件の殺人事件が起こっていた。被害者はいずれも黒髪を長く伸ばした二十歳代から三十歳代の女性で、犯行の手口が共通していることから、同一犯による連続殺人事件だと考えられた。その手口とは、被害者自身の髪の毛で絞殺したうえ、刃物で腹部を裂くという残虐極まるものだった。

「その傷口がYの字をかたどっているように見えることから、われわれ警察はその連続殺人鬼をシリアルキラーYという符丁で呼んでいるのですよ。いや、先に名づけたのはマスコミでしたが」

香港警察の刑事部長がそうしめくくると、右京は目を輝かせてうなずいた。

「なるほど、そんな大事件が起こっていたのですか。そして、先ほどウォン刑事に襲いかかってきた男が、そのシリアルキラーYだったというのですね？」

ビビアン・ウォンは一歩右京のほうへ体を寄せた。

「そうよ。Yはほぼ半月おきに犯行を重ねていた。今夜は前回の犯行からちょうど十五日め。一昨夜から香港警察総出で厳戒態勢を敷いていたわ。わたしはプロファイラーのレスリーと一緒に犯行が行われそうな場所をパトロールしていたの」

部屋の隅で置き物のように静かにしていた眼鏡男にビビアンが目配せをした。男は軽く会釈すると、探るような視線を右京に向けた。

「犯罪心理学者のレスリー・ラウです。シリアルキラーYを捕まえるために、捜査に協力していました」

レスリー・ラウが名刺を差し出した。「劉英才」と漢字が書かれ、それには“Lau Ying Choi”とルビが振られているにもかかわらず、その下には“Dr. Leslie Lau”という別の名前が英語で記されている。つまり、この犯罪心理学者はラウ・インチョイという中国名とレスリー・ラウという英語名を持っているのだ。長く英国の植民地だった香港では、このように名前をふたつ持つ人が多い。

「きれいな英語の発音ですね」

香港の知識人の間では英語をしゃべれる人間も多かったが、香港なまりというべき独特の癖があった。レスリーの英語にはそれがほとんど感じられなかった。

「両親とも香港人なのですが、父がアメリカで貿易商をやっていた関係で、生まれも育ちもアメリカなんです。プロファイリングも本場のアメリカ仕込みです。香港に来てからちょうど二十年になりますが、いまだに中国語はあまりしゃべれません」

「そうでしたか。ぼくも中国語は不得手なもので、英語のほうが助かります。香港では犯罪心理学者の方も現場に出て、捜査の第一線で活躍されているのですね」

右京が感嘆の声を上げる一方で、刑事部長のディック・チャウがぼやく。

「それもビビアンの独断専行ですよ。ラウ博士も人がいいものだから、彼女に付きあわされて……ちゃんと断っていいんですよ」

苦りきった顔を向ける刑事部長に、レスリーは笑って応じた。

「とんでもない。実地で捜査に協力できるなんて、犯罪心理学者としてこんなに恵まれた状況はありませんよ。むしろ感謝したいくらいです」

「そうよ」ビビアンが声を張った。「おかげでYが捕まったんだからいいじゃない。たしかに殺してしまったのは反省しなきゃいけないけど、あのときはとにかく自分の命を守るので精いっぱいだった。信じてちょうだい、ディック！」

話が元に戻り、刑事部長が再び仏頂面になる。

「まあ、スギシタ警部の目撃証言もあることだし、懲戒免職にはならないだろう。ただ、減給や停職の処分くらいは覚悟しておけよ。いいな、ビビアン」

「これだからお役所勤めはいや」ビビアンが思いきり不平を漏らす。「結果は出しているんだから、もっと大局を見てほしいもんだわ！」

にわかに場のムードが険悪になる。それを嫌ったように、右京がレスリー・ラウに質問した。

「ときにラウ博士は、シリアルキラーYをどんな人物だとプロファイリングされていたのでしょう？」

照れたように控えめな笑みを浮かべて、レスリーが答えた。

「被害者がいずれも長い黒髪を持つ女性であること、またその髪で絞殺していることから、一連の犯罪は秩序型を示していました。つまり犯人にはそれなりの知性と計画性があり、用心深さが感じられます。黒髪の女性への強いこだわりがありますが、被害者は性的暴行を加えられてはいません。黒髪にフェティシズムを感じているというよりも、黒髪の女性への憎悪のほうが大きい。たとえば幼少時に黒髪の母親から虐待を受け、その報復として同じような女性ばかりを襲撃している。自分がうまくいかないのは、すべて黒髪の女性のせいだ。犯人は、そんな妄想のもとで犯行を繰り返している幼児性の強い社会不適応者でしょう」

「なるほど。Yの傷跡はなにを意味しているのでしょう？」

「一種の署名でしょうね。楊《ヨウ》などYのつく姓かもしれないし、名にYがついているのかもしれない。私のインチョイも英語表記だとYからはじまります。犯人はYである自分だとアピールしているのでしょう。自己顕示欲の強い犯人だとも言えます」

右京はここで刑事部長のほうを向き、「いまさらですが、射殺されたのはY本人で間違いないのでしょうか？」と本質的なことを訊いた。

「あたりまえじゃない！」

喧嘩腰で怒鳴るビビアンをディック・チャウが制した。

「ビビアン、おまえは少しおとなしくしていろ。目下、遺体の身元を洗っているところですが、所持していた凶器から考えて、間違いないと考えています」

「刃渡りの長いサバイバルナイフでしたねえ」

実物を目撃した右京が記憶をたぐった。

「ええ。これまでの被害者の遺体には、刃で切り裂いた跡ばかりでなく、のこぎり状の痕跡も残っていました。サバイバルナイフの背の部分についているのこぎりによる傷跡です。このことはマスコミには発表していませんので、犯人しか知りえない情報です。詳細な分析はこれからですが、押収したサバイバルナイフには血がたっぷり付着していましたた。そんな凶器を持っていたのですから、Yの可能性が極めて高いと思われます」

チャウ部長の答えに納得したようすの右京は、続いてビビアンに質問した。

「シリアルキラーYは今夜ヴィクトリア・パークにいるかもしれない。あらかじめ、そういう感触があったのでしょうか？」

「どうしてあなたの質問に答えなきゃならないのよ」

そっぽを向く女性刑事に代わって問いに答えたのは、レスリー・ラウだった。

「犯罪心理学者としては情けないですが、正直なところ、半分は山勘です」

「山勘だとしても、あてたのは見事なものだと思いますよ」

右京がほめると、レスリーはこれまで四件の犯行現場について、部長室の壁に張ってあった地図で場所を示しながら説明した。

「一件めは元朗《ユンロン》、二件めは沙田《シャティン》、三件めは荃灣《ツエンワン》でした。いずれも九龍半島の郊外で、夜中人通りが少なくなった公園や海岸が犯行現場として選ばれました。どこもMTR（都市鉄道）が通っている町なので、Yは移動にMTRを利用している可能性が考えられました。そこで半月前に犯行予測日が近づいてからは、九龍半島郊外のMTRの駅近辺を重点警戒地域としたのですが、まんまと裏をかかれました。四件めの事件は香港島の柴《チャイ》灣《ワン》という郊外の町で起こりました。ここもやはりMTRの終点でした」

「つまり、MTRの沿線という以外、共通点がなくなったわけですね」右京がMTRの路線が描かれた地図を見ながら指摘する。「香港の交通網はよく発達しています。MT

Rの路線も広範囲に及んでいますね」

「ですから今夜は事実上、香港全土で警戒網が敷かれていました。私はウォン刑事と一緒に最初は香港ディズニーランド近辺を、続いて九龍半島の海べりをパトロールしていたのですが、ふと深夜のヴィクトリア・パークならば人気も少なく、犯人には好都合だと気づいたのですよ。これまでの犯行はどちらかというと郊外でしたから、繁華街にある公園はどうかなとも思ったのですが、結果的には正解でした」

地図の一点を興味深そうに眺めていた右京が犯罪心理学者のほうを振り向いた。

「ヴィクトリア・パークであなたは公衆トイレに向かわれましたね。シリアルキラーYがあそこに潜んでいるという予感でも？」

レスリーはおやっという顔になった。

「そんなところまで見られていたのですか。いや、あのときは単純に尿意を催しただけです。用を足し終わったら、暗がりから男が現れたんです。サバイバルナイフを持っていたので、直感的にYだと思いました。それで度を失って飛び出して……」

「ウォン刑事も美しい黒髪の持ち主です。シリアルキラーYはあなたをほったらかしにして、ウォン刑事に飛びかかっていったわけですね」

そのときの場面を思い浮かべながら右京が指摘すると、ビビアンは犯罪心理学者に対して小さくお辞儀をした。

「あのときレスリーが声をかけてくれなかったら、わたしもどうなっていたかわからない。改めてお礼を言うわ。ありがとう」

このときドアをノックする音がして、ひとりの若い刑事が入ってきた。ディック・チャウのそばに駆け寄ると、小声の中国語でなにやら報告している。報告を聞いた刑事部長の顔が瞬時に強張《こわば》る。ビビアンとレスリーの顔色も青ざめていた。

異変を感じ取った右京が「どうかしましたか？」と英語で質問したが、ビビアンはそれに答えようとせず、レスリーに声をかけて部屋から出ていった。犯罪心理学者があとを追う。

「どうしましたか？」

右京が再び訊くと、刑事部長は半ば放心の態《てい》で答えた。

「Yのしわざと見られる女性の絞殺死体が九龍の埠頭《ふとう》で発見されたそうです。いったいどうなっているんだ……？」

2

「どうして、あなたがここにいるのよ！」

ビビアン・ウォンが面と向かって右京を怒鳴りつけた。

場所はＭＴＲ九龍《カオルーン》駅の西側に位置する埠頭だった。海を隔てた向こうは香港国際空港のあるランタオ島で、ぽつんぽつんと街の明かりが見える。昼間であれば正面に香港ディズニーランドが望めるはずだったが、さすがに午前二時ともなると夢の国も眠りについているようだった。

すぐ背後には高さ四百八十四メートルのＩＣＣビルがそびえたっていた。この香港の新名所は日中多くの観光客でごったがえしているが、埠頭まで来ると人通りはまばらになる。ましてやこの時間、この界隈《かいわい》にいるのは警察関係者だけだった。

埠頭の一角に香港警察のパトカーが数台停まり、捜査員たちが忙しそうに行き来している。その中心には遺体が横たえられているようだった。パトカーの中に一台の見覚えのある日本車が交じっていた。

「この車が出発するところに間にあいましたものでね。すぐにタクシーを拾って、追いかけてもらうようお願いしたわけですよ。さすがにパトカーであれば、タクシー運転手も躊躇《ちゅうちょ》したと思いますが、この車は見るからに一般車両ですからねえ。運転手さんもあやしまずに追いかけてくれました。ところで、これも警察車両なのですか？」

「今夜に限ってわたしの専用車が故障しちゃったのよ。だからレスリーに車を出してもらって……。そんなことはどうでもいいでしょう。わたしが訊きたいのは、あなたはどんな理由でここにいるのかってこと！」

「先ほど亡くなったシリアルキラーYの被害者と思われる女性の遺体が見つかったと聞いてしまった以上、気になるではないですか。ぼくも一応刑事なものですからねえ、後学のためにと思いまして」

右京がいけしゃあしゃあと言い放ったとき、遺体を取り囲んだ捜査員の間からざわめきが沸きあがった。ビビアンはいつまでも変わり者の日本人の相手をしている場合ではないとばかりに、捜査員たちのほうへ向かった。変わり者の日本人は当然のごとくあとについていく。

三十歳前後の若い女性の遺体がビニールシートの上に乗せられていた。海から引き揚げられたためか、全身がぐっしょり濡れている。遺体には特徴的な犯罪の痕跡がふたつ認められた。ひとつは上半身の衣服がはぎとられ、腹部にYの字に似た大きな傷が残っていたこと。もうひとつは首に髪の毛が巻きついていたこと。ただし、その毛は死者のものではなかった。殺された女性はショートカットであり、巻きついている毛はロングヘアのかつらのものだったのだ。

遺体の横にレスリー・ラウがひざまずいていて、じっと見ている。

「レスリー……もしかして、知り合いなの？」

ビビアンの声にはいぶかしむような響きがあった。

「どこかで見たことがあるような気がして……」

「名前は李美雨《リーメイユイ》、英名はケリー・リー。香港大学の准教授だったみたい」

手元の資料を見ながらビビアンが言うと、レスリーは「同業者か……」と呟《つぶや》いた。

〝死亡推定時刻は？〟

ビビアンが中国語に切り替えて鑑識捜査員に尋ねた。

〝死後四時間くらいです〟

鑑識捜査員が簡潔に答える。

右京もこの程度の中国語ならば理解できた。

「となると、犯行時刻は午後十時前後。シリアルキラーYはここで犯行を行ったあと、ヴィクトリア・パークへ移動した……」

独り言のような右京のせりふを、レスリーが聞きとがめた。

「もしかしたら、狙われたのかもしれません」

「おやおや、どういうことでしょう？」

「ウォン刑事と私は今夜ここを訪れていたのですよ」

「それは何時頃ですか？」

右京の質問に、ビビアンは首を傾《かし》げた。

「えっと、あれは……」

すかさずレスリーが助け船を出す。

「十一時半だったじゃないですか。ちゃんと時計で確かめましたよ」

「そうだったわね。思い出したわ。たしか十一時三十二分だった。でも、あのときに海を覗《のぞ》いたけど、遺体なんて浮かんでいなかった。懐中電灯で照らしてみたから、断言できる。でも、犯行時刻が十時前後だったのならば、その時間には遺体は遺棄されていたはずじゃない？」

「暗い海面を懐中電灯で照らしただけで、そこまで断言できるのでしょうか？」

日本人の刑事が異を唱えたため、強気の女刑事がさらに頑《かたく》なになった。

「わたしが見逃すとでも思っているの？　遺体なんてなかったわ！」

「まあまあ」レスリーが仲裁に入る。「ウォン刑事はすぐれた観察力の持ち主です。彼女が観てないというのですから、なかった可能性は高かったと思います」

レスリーに認められ、ビビアンが調子づく。

「こういう状況だったんじゃないかしら。わたしたちが来たとき、Yは遺体と一緒に影をひそめて見守っていた。わたしたちの車が立ち去ったあと、ケリーの遺体を海に捨て、MTRでヴィクトリア・パークへ先回りした」

ビビアンの疑念を受け止めて、レスリーが犯罪心理学者らしく犯人の行動を推しはかった。

「サイコパスにとって、遺体を弄《もてあそ》ぶことはこのうえない快楽です。Yはケリーを殺し、時間をかけて遺体を切り裂いていたのでしょう。たしかにあのとき、このあとどこを回ろうか相談をし、私がヴィクトリア・パークを提案しました」

「Yはそれを聞いていたから先回りできたのね」

ふたりの話に耳を傾けていた右京が質問した。

「Yが先回りしたのは、ウォン刑事を狙うためでしょうか？」

「はい。Yが今晩襲ったケリーはかつらをつけていただけで、実際はショートヘアでした。ロングヘアの獲物に飢えていたYはウォン刑事をひと目見るなり、おあつらえむきの獲物だと思ったのでしょう。ケリーさんが今晩ロングヘアのかつらをかぶっていた理由ならなんとなく想像できます」

思わせぶりな犯罪心理学者の口調に、女性刑事が反応する。

「どういうこと？」

「ケリーさんも犯罪心理学者です。彼女なりにYの手口を読んで、今夜あたりこの付近で次の犯行が行われると予測したのではないでしょうか」

「犯罪心理学者だから、あなたと同じように推理したわけね。それはわからないでもないけど、じゃあ、かつらをかぶったのは？」

「自ら標的になって、Yをおびき寄せるためでしょう。もちろんYを捕まえるためです。香港中で話題になっている連続殺人鬼を捕まえるのに成功すれば、一躍有名人です。犯罪心理学者としての株もあがります」

「そうだったのか……わたしたちがもう少し早くここへ到着していれば、彼女は命を落とさずにすんだかもしれないのね」

ビビアンは沈痛な表情になったが、右京はまだ釈然としていなかった。

「相手は刃物を持った殺人鬼です。女性がわが身を晒《さら》して、そんな危険な行動をとるものでしょうか。せめて男性の応援を呼ぶくらいはしそうに思うのですが」

「ケリーさんはYの性癖を読み間違えたのでしょう」

レスリーが表情を曇らせた。

「読み間違えた？」

「Yが執着していたのはロングヘアです。だから、うまくおびき寄せるのに成功しても、かつらさえぬいでしまえばYは襲ってこない。そう考えたのではないでしょうか。ところが彼女の予想に反して、Yは騙《だま》されたことで逆上した。問答無用でケリーを殺害してしまったのでしょう」

そう言いながら、レスリーは暗い海面を見渡した。

レスリーにつられて、右京も海面に視線を投じた。小さな波が埠頭に刻まれた階段を洗っているのが見えるだけだった。

「その辺は今後の捜査で明らかになるはずよ。今夜はもう十分すぎるくらい働いたわ。

ぼちぼち引きあげましょう」

ビビアンが一方的に話を切りあげた。

3

翌朝、遅めに出勤してきたビビアン・ウォン督察は警務処本部の前に変わり者の日本人警察官が立っているのに気づいて、顔をしかめた。

「あなた、ウキョウ・スギシタだっけ？　いったい、こんなところでなにをしているの？」

「あなたをお待ちしていたのですよ」

右京は満面の笑みでそう答えると、英字新聞を女刑事の前にかざした。

「シリアルキラーYが射殺されたという記事がトップニュースになっています。入稿の最終締め切りに間に合ったようですねえ。九龍《カオルーン》の埠頭で見つかった女性の死体のほうは載っていません。こちらは間に合わなかったようです」

ビビアンはうんざりしたような顔になり、「新聞には載っていなくても、テレビのニュースでは大きく取り上げられているわ。参ったなあ。いまはまだYを撃った警察官の名前まで出ていないけど、早晩嗅ぎつけられるでしょう。射殺したのが女の刑事だとわかったら、マスコミの攻勢にあいそうね。まあ、身から出た錆《さび》なんだけど」と、愚痴をこぼした。

右京はそれを無視して新聞の別の記事を指で示した。

「これを見てください。重大なトップニュースが飛びこんできたせいで扱いが小さくなってしまっていますが、昨夜、MTRにトラブルがあったようです」

その記事は、前夜十一時過ぎに電気系統のトラブルが発生し、MTR全線が二時間にわたってストップしたと伝えていた。復旧したのは午前一時頃だったという。

「それがどうしたの？」

「香港のMTRは毎日〇時半頃まで運転していて便利なものですねぇ。夜遅くまで賑わっているこの街にぴったりの交通機関です。しかし、昨夜の十一時から一時頃まで、大切な庶民の足は止まっていました」

とうとうと話をする右京に、ビビアンは苛立《いらだ》ちを隠せなかった。

「だから、それがどうしたのよ？」

「シリアルキラーYはどうやって移動したのでしょう？」

「えっ？」

ビビアンは虚をつかれていた。

「ラウ博士の推測では、シリアルキラーYは九龍の埠頭であなたたちの話を聞いたあと、香港島のヴィクトリア・パークに先回りしたという話でした。あなたがたが埠頭にいたのは十一時半、ヴィクトリア・パークに着いたのは〇時過ぎでした。九龍駅から香港駅までMTRで五分。香港駅から中環《セントラル》駅まで徒歩で五分。中環駅でMTRを乗り継いで、銅鑼灣《コーズウエイベイ》駅まで十分。計二十分ですから、通常だったら間にあうでしょう。しかし昨夜はその時間帯、MTRが止まっていました。シリアルキラーYはどうやって先回りしたのかと思いましてね」

黒髪の刑事が腕を組む。

「車かバイクを使えば間にあうんじゃない？　わたしたちはあのあともパトロールしながらゆっくり流していたから、先回りするのは可能だったはずよ」

「しかし、これまでシリアルキラーYはMTR沿線でしか事件を起こしていない。そのことから、移動にはMTRを利用していると考えられていました。少なくとも、プロファイラーのラウ博士はそう考えているようでした。矛盾しませんか？」

「そうだったわね。Yは公共交通機関を使って犯行を重ねているというレスリーの見解は間違っていないと思う。だとすると、バス……じゃ間にあわないか。そもそもそんな時間に都合のよいバスがあるかどうかもわからないし。タクシーはどうかしら？　MTRに乗ろうとしたら動いていないのに気づき、緊急事態なのでタクシーを使った」

「シリアルキラーYはサバイバルナイフしか持っていませんでした。果たしてタクシー代を支払えるだけの所持金があったでしょうか？」

右京が指摘すると、ビビアンは頭を抱えた。

「そうね。所持金は小銭しかなかったわ。フェリーもだめよね。たしか九龍半島の尖沙咀《チムサアチョイ》を十一時半に出るのが最終だったはず。ってことは、どうなるの？」

「シリアルキラーＹにはアリバイが成立します。つまり、九龍の埠頭でケリー・リーさんを殺した犯人とあなたが射殺してしまった男は別人ということです」

「そんな！　ケリーを殺したのはＹの模倣犯だったの？」

「でなければ、あなたが殺した男が本当はシリアルキラーＹではなかったか。そういうことになりますねえ」

「ちょっ、ちょっと待ってよ。わたしが人違いで射殺してしまったって？　冗談じゃないわ！」

ビビアンの顔色が瞬時に青ざめる。自分の早まった行為を後悔しているのは明らかだった。

「ただし、アリバイを崩す方法がないわけではありません」

「えっ、それはなに？」

女刑事が前のめりになるのを見て、日本人刑事がもったいぶって答えた。

「船ですよ」

「船って、言ったようにフェリーには間にあわなかったはず。もしかして、昨夜はMTRだけじゃなく、フェリーの便も乱れていたの？」

「そんなことはなかったようですよ。ぼくが言っているのは、フェリーではなく、小型の漁船やモーターボートのことです。ヴィクトリア・パークは海のすぐそばなので、犯行現場だった九龍の埠頭から船で乗りつければ、十分かそこらで到着すると思いますよ」

右京はポケットから香港の地図を取り出し、九龍の埠頭とヴィクトリア・パークの位置を示した。九龍半島と香港島は一番狭いところでは一キロくらいしか離れていない。船さえあれば容易に渡れる距離だった。

「船か……それは検討に値する意見ね」

「ひとつ提案があります」右京が左手の人差し指を立てた。「ここへ行ってみませんか？」

立てた人差し指を地図の一点におろす。指先は香港島の南西に位置する小島を差していた。

「どうしてそんなところへ行かなきゃならないの？」

小島の名前はラマ島だった。

「漁業が盛んな島らしいですね。船を持っている人も多いのではないでしょうか」

右京のことばをよく咀嚼《そしやく》したうえで、ビビアンが破顔した。

「あなた、けっこうおもしろいわね。そうだ、今日は休みをもらうことにしようっと」

〝はい？〟

右京が思わずいつもの日本語の口癖を発してしまったところ、香港人のビビアンにもニュアンスは伝わったようだった。

「そうすれば、マスコミの取材から逃げることもできるし、日本人の刑事さんと一緒に捜査することもできるでしょ。ディックは頭が固いから、ラマ島で捜査するなんて認めてくれそうもないし」

そう言うなり、ビビアンはジャケットのポケットを探った。ところが探し物は見つからないらしく、バッグの中を検《あらた》めた。そこにも目当てのものは入っていなかったようだ。たちまち表情が曇る。

「携帯電話がないわ」

「おやおや、それは困りましたねえ。たしか昨夜、ヴィクトリア・パークで使っていらっしゃったのは覚えています」

「それじゃあ、そのあとどこかに置き忘れたんだわ。しかたない、あなたの携帯電話をちょっと貸してくれる？」

「かまいませんよ」

右京が差し出した携帯電話を使い、ビビアンは刑事部長に連絡を入れた。ビビアンの仮病《けびょう》は演技賞ものだった。

三十分後、ビビアンと右京はラマ島行きのフェリーに乗っていた。

南国の強い日差しがデッキ上のふたりに容赦なく降り注いでいたが、頬に吹きつける潮風は心地よかった。ラマ島が近づくにつれ、海の透明度が増していく。こうして船に乗っていると、香港には意外とたくさんの島が点在していると気づく。

「それにしても、どうしてラマ島へ行こうと思ったの？」

ビビアンが訊くと、右京はフェリーの行き先表示プレートを指差した。「南丫島」と記されている。

「あれでラマ島と読むんですね。中国人のあなたにとってはあたり前かもしれませんが、日本語では丫《ふたまた》という漢字をほとんど使わないので気になりました。シリアルキラーの署名はYではなく丫ではないかと思いついたわけです」

「なるほどね、ラマ島は、香港島、ランタオ島に次いで大きな島。香港島の中環ターミナルからだとフェリーで三、四十分くらいしかかからないから、島に住んで、香港の市街地に通っている西洋人も多いの。西洋人は香港の街中のごちゃごちゃした感じが苦手みたいね」

「ぼくは嫌いではありませんねえ」右京が目を細めて行く手の島を見やりつつ言った。「いろんな人種が入り交じった香港の街は、他の都市にない活気に満ちています。来るたびに刺激を受けます。もうずいぶん前に取り壊されてしまいましたが、九龍寨城《さいじよう》も一度は訪れてみたかったものです」

「有名なスラム街ね。香港がイギリスの租借地になった際に、例外的に清《しん》の飛び地となった場所。いろんな歴史の経緯があって、最終的には中国政府も香港政府も管理の手が及ばない無法地帯と化したわ。香港を象徴する混沌《こんとん》の極みだった場所だけど、いまでは平和な公園になってしまった」

「あそこに居住していた人たちはどこへ行ったのでしょう?」

「それこそ香港中に散っていったわ。いまでも政府の許可を得ていない違法建築物はビルの屋上とか地下とかにごまんとあるし。そういう場所が犯罪の温床になっているのが実態よ」

そんな話をしているうちにフェリーはラマ島北部の榕樹灣《ヤンシユウワン》の埠頭に着岸した。ラマ島は面積こそ広いものの、全島が亜熱帯の森林に覆われているため、人が住める場所は限られている。ほとんどの島民がこの榕樹灣の近くで暮らしているという。自動車走行禁止の島であるが、聞き込みに苦労はなさそうだった。

「さて、どこからあたろうかしら。ウキョウ、なにかいいアイディアがある?」

港に降りたったとたん、ビビアンが右京に意見を求めた。いつしか年上の日本人刑事をすっかり頼りにしている。

「ネットで調べると、過去四回の殺人事件の日付が確認できました」そう前置きすると、右京は指を折りながらその具体的な日付を口にした。「これらの日付の規則性に気がつきました」

「わかっているわ。十五日おきってことでしょう。そのくらいは暦を見れば誰だってわかるわよ」

ビビアンの発言を聞いた右京がにこっと笑った。

「そう、まさに暦です。しかし、ここで重要なのは新暦ではなく、旧暦です。言いかえるなら、太陽の動きをもとにした太陽暦ではなく、月の動きをもとにしながら閏月《うるう》で季節を補正する太陰太陽暦です。香港でもまだ旧暦の習慣は残っていますね」

「もちろんよ。新年を祝う春節は旧暦の一月一日に決まっているもの。新暦の一月一日におめでとうって言われてもぴんとこないわ」

「中華圏の皆さんにとって、春節は一年で最も重要な行事だそうですからねえ。さて、話を戻しましょう。旧暦は月の動きをもとにしていますから、月齢が〇の新月の日を旧暦一日と定めています。そうすると、おおむね旧暦八日頃が上弦、旧暦十五日頃が満月、旧暦二十三日頃が下弦となります」

ビビアンは困惑したような顔になり、「昔、学校で習った気がするけど、それがどうしたの?」

「さて、月の満ち欠けは太陽と地球と月の位置関係で決まります。太陽と地球と月が一直線に並ぶのが新月と満月、太陽と地球に対して月が垂直に位置するのが上弦と下弦です。では、これらの位置関係のとき、潮汐《ちょうせき》はどうなるでしょう?」

「潮汐って、満潮とか干潮ってやつのこと? なんか話がややこしくなってきている気がするんだけど、大丈夫? 話題がすりかわっていない?」

右京は首を縦に振り、「大丈夫です。もうしばらくお付きあいください。新月や満月の前後、つまり旧暦一日と十五日の前後は一直線に並んだ太陽と月の引力が同時に働くので、干満差が大きくなります。これが大潮です。反対に、上弦と下弦、旧暦八日と二十三日の前後は地球から見て直角に位置する太陽と月が引力を打ち消しあうため、干満差が小さくなります。これが小潮です」

ビビアンがついにしびれを切らした。

「それがいったいどうしたっていうのよ?」

「昨夜○時過ぎに銅鑼灣を歩いていると、半月より少しふくらんだ月が西に位置するICCビルの頂上付近にかかっていました。上弦の月は○時に西の空に沈みます。したがって、昨夜は上弦を二、三日過ぎているなと漠然と感じていました。そこで調べてみたところ、昨夜を含めたこれまでの五件、いずれも旧暦の十日と二十五日に犯行が行われていたのですよ」

「旧暦十日と二十五日……その日はなんだっけ？」

「旧暦十日は上弦を二日過ぎた日、旧暦二十五日は下弦を二日過ぎた日。それではぴんと来ませんが、潮汐で考えると意味が出てきます。いずれも小潮の終わる日にあたります」

女性刑事の眉間《みけん》のしわがますます深くなる。

「小潮の終わる日って、それにどんな意味があるの？」

「干満の差が最も小さく、変化が長くゆるやかに続くので、長潮と呼ばれます。海流の動きが一番少なくなるので、魚が動きにくい。釣りには向いていないとされる日です」

ようやくビビアンの表情が明るくなった。

「釣りに向かない日に犯行が行われていた。ウキョウ、あなたはＹの正体を漁業関係者だと考えているのね！」

「おっしゃるとおり。ラマ島は海産物が有名だそうですねえ。漁業に携わっている人も多いのではないでしょうか」

「そうとわかれば、ぐずぐずしている場合ではないわ。あの辺に小さな漁船がいっぱい見えるから、行ってみましょう」

小型の漁船がたくさん係留された桟橋があった。近くでよく日焼けした男がひとり、たばこをふかしながら釣り糸を垂れていた。ビビアンは釣り人に近づいていき、肩を叩《たた》いた。驚いて振り向いたところに、一枚の写真を見せる。昨夜ヴィクトリア・パークで射殺された若者の死に顔の写真だった。なにも説明を聞かなければ、ただ眠っているだけのように見える。

〝この男知らない?〟

ビビアンの質問は右京にも理解できたが、それに対する男の回答はほとんど理解できなかった。

「あら、ウキョウにもわからないことがあるのね」

すっかり置いてきぼりを食らっている右京を目にして、ビビアンがからかう。

「誰にでも得手不得手はあるものですよ」

「通訳すると、写真の男はどこかで見かけた気がするけど、思い出せないって。あの家に住んでいる老人が事情通だから、聞いてみればいいって教えてくれたわ」

そう言って、港のはずれに建つ古い民家を目で示す。港を取り囲むシーフードレストランや雑貨屋が平屋根でカラフルにペイントされているのに対して、その民家は瓦葺《かわらぶ》きでくすんだねずみ色だった。近づいてみると、壁はレンガを積んだ上からセメントでべっとり塗り固めていることがわかった。そのセメントがところどころはがれ落ちている。

通気をよくするためか、ドアは開けっぱなしだった。ビビアンは臆するようすもなく、顔を突っこむと、〝誰かいますか？〟と大声で呼んだ。

家の中から不明瞭な返事が聞こえ、しばらくするとランニングシャツを着た老人がゆっくり出てきた。髪の毛の残っていない頭頂部と小皺《こじわ》の目立つ手の甲に大きなしみが浮いている。年齢はおそらく九十歳を超えているだろう。

ビビアンがYの写真を見せると、老人のまぶたに埋もれそうな目がわずかに大きくなった。

〝ウー・ロン……〟

右京にははっきり聴き取れなかったが、老人はYを知っているようだった。

「ビンゴのようね」

ビビアンは右京に向けて親指を立てると、老人相手に聞き込みをはじめた。少々耳が遠いようで、ビビアンは老人の耳に何度も同じ質問を吹きこんでいた。さらに返ってくる答えが要領を得ないらしく、何回も訊き返していた。それでも粘り強くやりとりを続け、十分後には有望な情報を聞き出すことに成功していた。

「まず、Yの名前がわかったわ。本名は呉龍仁《ウーロンヤン》、二十年ほど前にこの島で生まれた。母親は九龍寨城が取り壊されたころ、ちょうど妊娠して足を洗いこの島に流れてきた売春婦。父親は誰だかわからないけど、おそらく客のひとりだろうって」

「奇遇ですね。まさにさっき話をしていたところでした」

「本当ね。ウー・ロンヤンは五歳くらいまでラマ島で暮らしていたけれど、母親と一緒に島を出ていった。それが、一昨年ひとりだけでふらっと島に戻ってきたらしいわ」

「おや、母親はどうしたのでしょうか？」

「わからないって。訊いても答えがなかったらしいわ。もっともこのおじいさんとコミュニケーションをとるのは、それはそれでかなり難しいと思うけど」

言われた当の本人は英語がわからないせいか、こんなところに来てまできっちりとスーツを着こんだ日本人を物珍しそうに見つめているばかりだった。

右京は老人に愛想笑いで応じ、ビビアンに頼みごとをした。

「この方に、その母親の髪型を覚えているか訊いてもらえませんか」

「わかった」

ビビアンが再び老人と向きあい、質問を伝える。今回は比較的短時間で回答が得られた。

「予想どおり。黒髪を腰のあたりまで伸ばしてたって」

「そうですか。それでウー・ロンヤンはこの島に戻ってきてから、なにをしていたのでしょう？」

「釣り客向けに船を出している業者がいるらしいの。そこで働いていたはずだって」

「収穫でしたね。さっそくそちらへ行ってみましょう」

「もちろん。じゃあね、おじいさんありがとう」

ビビアンが手を振ると、老人も嬉しそうにひらひらと手を動かした。

「えっと、大きなエビの看板があるシーフードレストランの隣だって」

榕樹灣のメインストリートを歩きながら、ビビアンが聞いたばかりの情報を口にする。

右京がいち早く見つけ出した。

「あそこではないでしょうか。イセエビの絵が描いてあります。その向こうの看板には釣という文字が見えます」

「目ざといわね。行ってみましょう」

果たしてそこが釣り船を経営している〈ラマ・フィッシング・サービス〉の事務所だった。看板によると、釣り船以外にも、釣りツアーの企画運営、釣り具の販売などをやっているらしい。

経営者のアンディ・ワンは計算高そうな商売人だった。丁寧な物腰でビビアンと右京を迎え入れたが、ふたりが刑事だとわかると、掌《てのひら》を返したようにつっけんどんな態度に変わった。アンディ・ワンの対応はそっけなかったが、客に西洋人が多いせいか、英語が達者なのは右京にとってはラッキーだった。

「この男、知っているでしょう？　ここで働いていたって聞いてきたの」

そう切り出したビビアンの手には例の写真があった。

アンディはちらっと視線を走らせただけで興味を失くしたように、「ウーか。悪いが今日はいないぜ。昨日からうちのボートで出かけたまま、戻ってきてないんでね」

「どこへ行ったの？」

「知らねえよ。やつは無口だからな。どうせどこかで遊び呆《ほう》けてんだろう」

「いつ出かけたかわかる？」

「三時頃だったな。いつも朝には帰ってくるんだが、今日は遅いな。ま、仕事も暇だしかまわないが」

「ウーは昨夜、ヴィクトリア・パークで死んだわ」

ビビアンは自分が射殺したことには触れず、沈痛な声で事実を述べた。

「死んだ？　ウー・ロンヤンが死んじまったのかよ。本当の話だろうな？」

「ええ、本当よ。ウーは連続殺人事件の容疑者だったの。昨夜、女性に襲いかかったところを射殺された。大きなニュースになっていたけど、知らなかった？」

商売以外に関心のなさそうな経営者も、この知らせには驚きを隠せないようすだった。

「新聞も読まないし、テレビも見ねえからな。連続殺人事件って、もしかしたらシリアルキラーYってやつか？」

ビビアンは首肯《しゅこう》して認めると、「さすがにそれは知ってるんだ」

「香港中の話題になってたからなあ。そう言えば、ウーの野郎、いつもでっけえナイフを持ってたぜ。魚さばいたり、ロープを切ったりするのに便利そうだった。あのナイフで、その、殺した女の腹を切り裂いていたのかよ。まいったな。なんでも、腸を引きずりだしたりして冒瀆《ぼうとく》していたらしいじゃないか」

「特徴的な傷跡をつけてはいたけど、腸を引きずりだしたりはしてないわ。勝手に話を脚色しないでよ」

「なんだ違うのか。俺が聞いたときには、すでにそんな話になってたぜ」

アンディ・ワンは少々残念そうだった。シリアルキラーYの犯行はたしかに猟奇的だったが、いつのまにか噂に尾ひれがつき、さらにおぞましい内容になって広まっているようだ。

「ウーはこの島の生まれなんだってね？」

女刑事の問いかけに、アンディは首を縦に振り、「この島生まれで、この島を愛していたよ。自分の居場所はここしかないと思ってたんだろう」

「母親と一緒に一度島を出たそうね」

「ああ」アンディはうなずくと、「そして、帰ってきたときには耳が聞こえなくなっていた」

「耳が聞こえない？」ビビアンの声が裏返った。「どういう意味？」

アンディがいきなり饒舌《じょうぜつ》になる。他人の噂となると口がなめらかになるタイプらしかった。

「虐待されたそうだぜ。ウー・ロンヤンの母親は昔スーザンという名で売春婦をやっていたんだが、妊娠して足を洗ってからは親戚のいたこの島に身を寄せていた。だけどよ、長年悪習に染まっていたせいで、堅気な生活は長く続かなかった。結局、息子を連れて九龍へ帰っていった。スーザンに戻って夜の仕事を再開するためだ。そうこうするうちにスーザンに新しい男ができた。こいつがまた、悪い男でよ、三合会《サンホーフイ》の一員だったって噂だ」

「三合会……」ビビアンが溜息《ためいき》をつく。「ウキョウは知っているかしら?」

「いわゆる香港マフィア。裏社会で非合法活動を行っている暴力組織ですね」

「さすが、よくご存じ」ビビアンはアンディに先を促した。「続けて」

「その男がスーザンと結託してウー・ロンヤンを虐待した。母親は最初のうちは息子をかばっていたらしいが、そうすると自分のほうが男から暴力を受けるとわかり、虐待に加担するようになった。しまいには率先して息子に殴る蹴るの暴力をふるったらしいぜ。それが原因でウー・ロンヤンは中耳を損傷してしまい、後遺症として重度の難聴になってしまったってわけだ。ひでえ話だろ」

「中耳を損傷したのであれば、めまいなどの症状も現れたのではないでしょうか?」

アンディは日本人が話に割りこんでくるとは思っていなかったらしく、目を丸くした。おもむろに安たばこのパッケージをポケットから取り出すと、一本引き抜いて火をつけた。

「あんた、よくわかるね。やつはそれで自動車の運転免許も取れなくなってしまった。定職に就こうにも、いつめまいが起こるかわからず、不安でしかたがない。生まれ故郷の島に帰って来たものの、昔身を寄せていた遠縁の親戚はもういなくなっていた。俺はな、行くあてもなくぶらぶらしていたやつを気の毒に思って、拾ってやったんだよ。仏さまみたいなもんだ」

自称仏さまはにやりと笑うと、肺から煙を大量に吐き出した。

「無口だったというのも、耳が悪かったせいですね？　自分のことばを確かめられないので、話すのが億劫《おっくう》になるといいます」

「そうだな。俺がいましゃべったやつの過去も、少しずつ聞き出したんだ。苦労したんだぜ」

「人の噂話がお好きなようだから、いい娯楽だったんじゃないの」ビビアンはにべもない。「ウー・ロンヤンはここではどういう仕事を？」

「どういう仕事って、雑用だな。なにしろ耳が不自由なんじゃ、お客さんの相手をさせるのも難しい。釣り船に同乗して、餌を配ったり、魚をさばいたり、食事の準備をしたり。船が出ないときは、船の掃除や釣り道具のメンテナンス。誰だってできる半端仕事だよ」

「どうせ、ただ同然でこき使っていたんでしょ。遺留品を調べたいんだけど、彼はどこで寝起きしていたの？」

「ボートだよ」

「ボート？」

「最初に言っただろ、ボートで出かけたまま戻らないって。やつはボートで寝泊まりしていた」

「ボートが住居？　それはひどい。もう少しまともな部屋を提供してあげなさいよ」

ビビアンが眉を吊《つ》り上げると、アンディはその顔にたばこの煙を吹きかけた。

「こっちだって精いっぱい温情をかけてやってんだ。あんたにそこまで口出しされる筋合いはない」

「ボートはあなたがウー・ロンヤンに貸していたのですね？」

右京が質問を変えた。

「そうだよ。休みのときには自由に使っていいというありがたい条件でな。ウー・ロンヤンは住みかと一緒に移動手段まで手に入れたんだから、恵まれた待遇だろ？　ボートの写真、見てえか？」

「あるのなら、見せてよ」

「百ドル」

商売人が手を差しだす。

「あんたねえ、警察相手に金を要求するつもり？」

「五十ドル」

「そんな金、経費では落ちないんだから」

「じゃあ、特別サービスで二十ドル」

ビビアンがふくれっ面になりながら、財布から香港ドルの紙幣を二枚取り出した。それと交換にアンディが一枚の写真を渡し、ビビアンが受け取った。

「お金払ったんだから、もらっておくわよ」

写真には長さ三メートル、幅一メートルほどの大きさの小型ボートが写っていた。船体はオレンジ色で、円弧状の屋根がついている。船尾には船外機と呼ばれるエンジンとスクリューが一体になった形式の推進装置がついていた。

「ボートの大きさに比べて大きな船外機ですね。何馬力でしょう？」

右京の質問に、アンディがほくほく顔で即答する。

「十馬力だよ。それだけの馬力があれば、香港島や九龍半島まで行けるからな」

「なるほど。ところで、小型船舶操縦免許は？」

「はっ？」

「十馬力のエンジンがついているのであれば、たとえ小型ボートとはいえ、免許が必要なはずです。釣り船を操縦なさるあなたがそれを知らないはずはありません。小型船舶操縦免許を取得する際にはたしか聴力のテストがありました。重度の難聴だというウーがそのテストに合格できる見込みがあったでしょうか。ぼくにはどうも無理があったように思えてしまいます。だとすると、ウーは無免許でモーターボートを操縦していたことになります。そして、あなたはそれを知りながら、彼にボートを貸していた。それも立派な罪ではありませんかねえ」

「知らなかったんでしょ？」

ビビアンがかまをかける。

「そうだよ。俺は知らなかったん……」

「二十ドル」

アンディが言い終わらないうちに、ビビアンが手を差しだす。アンディはむくれてたばこを灰皿に押しつけると、しまったばかりの紙幣を女刑事に返した。

右京が右手の人差し指を立てる。

「最後にもうひとつだけ。ウーさんの休日を教えてください。決まった休日はありましたか？」

「知らないだろうから教えてやるが、釣りってのは釣れる日と釣れない日があってな、それは海の潮で決まってるんだ……」

右京はアンディの説明を途中で遮ると、「わかりました。毎月二回、旧暦の十日と二十五日が定休日だったわけですね。どうもいろいろと参考になりました」と丁寧にお辞儀をして去っていく。

ビビアンもそれにならった。

「あの男のぽかんとした顔、傑作だったわね」

ラマ島から香港島へ帰るフェリーの中で、ビビアンが右京に話しかける。

「ウー・ロンヤンの労働条件は劣悪でした。きちんとした雇用契約も結ばれていなかったのではないでしょうか。ウーは殺人者でしたが、それとこれとは話が別です」

「そうね」ビビアンが認めた。「まだまだあんな違法雇用が横行しているのよ。あの男は改めてみっちり取り調べるわ。余罪も出てきそうな気がする。それはそうと、Yに関するレスリーのプロファイリングはあたっていたみたいね」

「みごとなものです」右京はうなずいて、ひとつずつ挙げていく。「おそらく犯人は母親から虐待を受けた可能性がある。その母親は黒いロングヘアであった。犯人が長い黒髪の女性に執着するのは復讐のためである。犯人が女性の腹部に残すのは一種の署名である。どれも間違っていませんでした」

「でも、ウキョウだってすごいわよ。シリアルキラーが残した署名のこともそうだけど」

謙遜する右京を、ビビアンがさらに持ち上げる。

「船のことだって、推理であてたじゃない。おかげで昨夜のウーのアリバイを崩すことができたわ。ウーは殺害したケリー・リーの遺体を九龍の埠頭から落としたあと、ボートで先回りをして、ヴィクトリア・パークの公衆トイレでわたしたちを待ち伏せしていたわけね。今朝あなたから犯人にはアリバイが成立するって指摘されたときには、目の前が真っ暗になった。もしかしたらわたしが射殺してしまった相手は連続殺人犯ではなかったかもしれないって。ようやくこれでほっとしたわ」

「いずれにせよ、ウーのボートを探す必要がありますねえ」

「オレンジのボートね。ヴィクトリア・パークのそばに係留されているはずよね」

「ええ、そのはずですねえ」

右京の瞳は前方に迫ってくる香港島の摩天楼群を見つめていた。

4

中環《セントラル》のフェリーターミナルに到着したふたりは、地下鉄ＭＴＲで銅鑼灣《コーズウェイベイ》まで行った。ヴィクトリア・パークの外周に沿って歩いていくと、すぐに海に出た。一帯が大きな港になっており、ヨット、クルーザー、モーターボートなど、大小さまざまな船が係留されている。

クルーザーに乗った男が運転席から上半身を乗り出してなにやらわめきちらしている。クルーザーの舳先《へさき》にオレンジ色の小さなボートが浮かび、進路を妨害していた。

「あれ、ウーのボートじゃない？」

「そのようですね。あのクルーザーの係留場所に勝手に泊めてしまったようです。すぐにどかしたほうがいいでしょう。ぼくが移動させますので、あなたはあのクルーザーの男に、いつ出港したのか訊いてください」

「わかったわ」

右京は機敏に行動し、ボートの係留ロープを引っ張って、邪魔にならない場所まで移動させた。そこへビビアンがやってきた。

「あのクルーザーは昨夜の六時頃、港を出たんだって。澳門《マカオ》で夜通し楽しんで、今頃ご帰還。いいご身分ね」

「そうですか。では、ウー・ロンヤンのボートを調べてみましょう」

まず右京がボートに飛び乗り、ビビアンの手を取って、誘導した。

「生活臭がしみついてるわね」

ビビアンが顔をしかめて言うように、ウーのボートには生活用品一式が積みこまれていた。ぼろぼろに擦りきれた安物の毛布、いつ洗濯されたのかわからない黒ずんだ衣類、曲がったりへこんだりしているアルミの食器、一年前のコミック雑誌、プラスチック製の釣り竿とブリキのバケツ……ウーの生活ぶりがしのばれる遺品ばかりだった。

コミック雑誌をめくっていた右京が、ページの間にはさまっていた一枚の写真を見つけた。

「これを見てください」

黄ばんで色あせた古い写真だった。中心に写っているのは、黒いストレートヘアを腰まで伸ばした二十代と思しき女性だった。目鼻立ちがはっきりとした、男好きのする美人である。女の右手は五歳児くらいの男の子の小さな左手と固く結ばれていた。男の子の顔立ちにはウー・ロンヤンの面影がある。背景にはさっき行ったばかりの榕樹灣《ヤンシュウワン》のメインストリートが広がっていた。

「ウーと母親のスーザンね。幸せだった子ども時代の思い出か。なんだかせつなくなってきちゃう」

「ウー・ロンヤンが大切にしていた宝物なのでしょう。ところでこのボートですが、指紋を調べてもらうことは可能でしょうか？」

「それは問題ないけどどうして？　ウーのボートに間違いないと思うけど」

スーザンと同様に黒髪の刑事が不審そうな口ぶりで言った。

「ぼくもそう思います。ただ、念のためにと思いましてね。船外機の周辺を中心に調べてもらえると助かります」

「わかったわ。さっそく頼んでみる」

ビビアンは行動の人だった。すぐに右京から携帯電話を借りると、記憶していた番号に電話をかけた。中国語の通話は二分ほどで終わった。

「休日の刑事の依頼を、聞き入れてくれましたか？」

案ずる右京に、ビビアンがVサインで応えた。

「鑑識に懇意にしている捜査員がいるのよ。わたしが頼めば、少々の無理は聞いてくれるのよ。そうそう、いま聞いたんだけど、ウーが持っていたサバイバルナイフから、ケリーのDNAが検出されたらしいわ」

このとき右京の脳裏には、警視庁刑事部鑑識課の捜査員、米沢守《よねざわまもる》が浮かんでいた。

ビビアンと右京はボートの捜査を鑑識捜査員に任せて、香港大学へ向かった。昨夜殺されたケリー・リーが所属していた研究室はそこにあった。

香港大学のキャンパスは香港島西部の薄扶林《ポクフラム》にある。MTRは香港島の西部まで延びていないため、大学まではバスで移動することになった。

「窮屈でごめんなさいね」

狭いシートの隣に座るビビアンが身をよじって、右京に話しかけた。

「車が故障しているのではしかたありません。しかも、ウォン刑事は今日お休みなんですから、もとより公用車は使えないでしょう」

「いつまでも他人行儀にウォン刑事って呼ぶのはやめて。わたしもあなたのことをウキョウって呼んでるんだから、ビビアンでいいわよ」

「わかりました、ビビアン・ウォンさん。ところで、ラウ博士はどちらで教えているのでしょうか?」

丁重な姿勢を改めようとしない日本人刑事に半ば呆《あき》れつつ、香港警察の女刑事が答える。

「ここ数年、メディアに登場する機会が増えていまや有名人だから。香港大学でも教えていたけど、現在は香港中文大学の特任教授をやりながら、犯罪心理学をベースにした著作の執筆で忙しい毎日よ。いわゆる文化人ね。次の行政長官を狙っていて、着々と地盤を固めているという話よ」

「行政長官というと、香港特別行政区の首長ですねえ。そうでしたか」

「選挙はまだ先だけど、いまの時期の仕込みが大切なんだって、いろいろ精力的に活動しているわ。ディックはわたしが無理に彼を引っ張りこんだと思っているみたいだけど、本当は彼のほうからコンタクトがあったのよ。当局に名を売っておきたかったんじゃないかしら」

そのことばに右京が興味を示す。

「そうでしたか。コンタクトはビビアン・ウォンさんに直接ですか？」

「そう」ビビアンが苦笑する。「自分で言うのもなんだけど、香港警察きっての変わり者と呼ばれるわたしだったら、籠絡《ろうらく》しやすいと思ったんじゃないの。まあ、わたしとしては、願ったりかなったりってところ。ところでウキョウ、わたしはあなたに同じようなにおいを感じるんだけど、日本の警察組織の中では浮いていない？」

「さて、どうでしょうかねえ？」

右京がとぼけていると、車窓に香港大学のキャンパスが見えてきた。百年の歴史を持つ香港大学は香港のみならず、中国本土からも秀才が集まるアジアトップクラスの大学として知られている。香港政財界を動かす人材の多くがこの大学から巣立ち、かの孫文も卒業生のひとりである。

受付で身分証明書を提示したビビアンは、社会学部の建物の場所を訊いた。キャンパス内を歩いていると、中国語がほとんど聞こえてこない。香港大学では、すべての講義が英語で行われていたので、学生たちも日頃から英語をしゃべっているようだ。

教えられたとおりに進むと、社会学部の建物はすぐに見つかった。建物に入り、心理学の研究室が並んだ一角へ進む。教授室と表示されたドアには、"Dr.Charles Leung" というプレートがかかっていた。

ビビアンはノックをすると、返事も待たずにドアを開け、「チャールズ・リョン教授はいらっしゃいますか?」と呼ばわった。

「どなたですか。中へどうぞ」

低く響く声にしたがい部屋へ入ると、五十代半ばの人のよさそうな人物がパソコンに向かっていた。

「こんにちは。わたしは香港警察のビビアン・ウォン督察。こちらは日本の警察から研修に来られたウキョウ・スギシタ刑事です」

頼まれもしないのにビビアンが勝手に右京を紹介した。

「これはまた、遠いところからわざわざご苦労さまです。私は香港大学の心理学科教授のチャールズ・リョンです。警察の方というと、ケリー・リーのことでしょうか?」

「はい。お取りこみ中のところ申し訳ありませんが」

「優秀な研究者でした。残念なことです。ここにもさっきまで警察の方がお見えでしたが」

「わたしたちはまた別の部署なので、すみませんがもう一度お話を聞かせていただけませんでしょうか」

「それはかまいませんが、なにをお話しすれば？」

協力的な大学教授に、黒髪の女刑事はにっこり微笑《ほほえ》み、「研修の一環ですから、質問はスギシタ刑事が行います」

突然振られても、右京が取り乱すことはなかった。

「では、いくつか質問したいと思いますので、よろしくお願いいたします。まず、亡くなられたケリー・リーさんですが、どのような研究をなさっていたのでしょう？」

「犯罪心理学ですね。彼女は特に殺人者の心理に興味を抱いていました。なんでも学生時代にレスリー・ラウ博士の講義に感銘を受けたとかで」

「なるほど、そうでしたか」右京はビビアンと目配せを交わし、「失礼ですが、リョン教授、あなたのご専門は？」

「私は主に社会心理学の研究をしています。集団心理や集団と個人の関係などがテーマですね」

「犯罪心理学とはかなり分野が異なるように感じます。ラウ博士がこちらを去られたあと、ケリー・リーさんを指導されていたのはどなたでしょう？」

チャールズがまぶたを閉じて、首を横に振った。

「いません。一応、彼女の指導教官は私になっています。しかし正直なところ、私は犯罪心理学についてそれほど詳しいわけではありません。その分、わたしも犯罪心理学に造詣の深い知り合いの研究者を紹介したりして、なるべく彼女をバックアップしようとしてきました」

「不思議ですねえ。ラウ博士は他の大学で特任教授をやられているとうかがいました。ケリー・リーさんも犯罪心理学を志すのであれば、そちらへ移ってもよかったのではありませんか？」

「ごもっともな意見です。事実、私も彼女にそれを勧めたのですが、彼女のほうがここに残りたいと言い張るものですから」

右京はうなずきながら、目で話を促した。サインを受け取ったチャールズは続けた。

「彼女の家は九龍《カオルーン》の郊外の大埔《タイポ》というところにあります。香港島のわが大学まで通うのはかなり時間がかかります。一方、ラウ博士が教えられている大学はやはり九龍郊外の沙田《シャティン》にある。むこうのほうがはるかに彼女の家に近い。ずっと便利がよかったはずなのですが」

「なにか、こちらに残りたい強い理由でもあったのでしょうか？」

ここでビビアンが会話に加わった。

「香港大学のブランドじゃないの？」

「それはないでしょう」チャールズが否定した。「むこうだって名門大学です。彼女はそんなことにこだわる人間ではなかった」

「ところで」右京が人差し指を立てた。「ケリー・リーさんのパソコンを調べてもよろしいでしょうか？」

「捜査に必要ならば、かまわないでしょう。先程の刑事さんが、パスワードを解除していかれました」

チャールズが右京に一枚のメモを渡した。そこには「ＬＹＣ０７１７」と書かれていた。

右京がケリーのパソコンのスイッチを入れ、そのパスワードを入力した。しばらくの間つぶさに調べたところで、チャールズが訊いた。

「なにかわかりましたか？」

「不思議なことにシリアルキラーＹに関するファイルが見当たりません」

「おかしいですね。彼女は興味を持っていたはずですが」

再び右京が質問役になる。

「昨夜、ケリー・リーさんは九龍の埠頭でなにをしようとしていたのでしょう？」

「ロングヘアのかつらをつけていたんですよね？　私も最初話を聞いたときにはわかりませんでした。でも、さっき来られた刑事さんが、ラウ博士の意見というのを聞かせてくれました。それを聞いて、私も腑《ふ》に落ちましたよ」

「ケリー・リーさんは自分が囮《おとり》になることで、シリアルキラーYをおびき寄せて捕まえようとした。これがラウ博士の意見でした」

「ええ」心理学者は深くうなずいた。「ラウ博士がシリアルキラーの事件の捜査に関わっていたことはケリーも知っていたはずです。テレビや雑誌によくコメントが載っていましたからね。ラウ博士に対抗心を燃やした彼女は、彼より先にYを捕まえようと考えたのでしょう。それで犯行日と犯行場所を予測して、囮になったのだと思います。成功すれば、凶悪殺人犯を捕まえた犯罪心理学者として一躍有名になれるでしょうから」

右京は背中のうしろで手を組んで、部屋の中を歩きはじめた。

「たしかに成功すれば、得るものは大きい。しかし、失敗した場合のリスクがあまりに大きすぎると思わなかったのでしょうか？　相手は連続殺人鬼です。やめろと言って犯行をやめるようなまともな人間ではない。それを知っていながら、たったひとりで身を晒すような危険なまねをしたというのが、どうにも納得いかないのですよ」

「ケリーは無鉄砲なところがあった。自分がYの性格を完全に見抜き、相手をコントロールできると考えたのだとしたら、単身でYに挑んでも不思議ではなかったと私は思います」

チャールズが女性心理学者の性格を踏まえた発言をすると、右京は感じ入ったように宙を見つめ、独り言を呟いた。

（性格を完全に見抜き、相手をコントロール……）

「なるほど、そういうことでしたか！」

突如目が覚めたように、右京が大声を出す。

「どうしたのよ、ウキョウ」

「わかったような気がします。チャールズ・リョン教授、どうもありがとうございました」

恭《うやうや》しく一礼をすると、右京は部屋から出ていってしまった。ビビアンとチャールズは思わず顔を見合わせた。

「ウキョウ、やっぱり、あなたは変わり者だわ！」

ようやく追いついたビビアンが背中から責めるように声をかけた。右京がくるりと身を翻したので、ビビアンはあやうく正面衝突しそうになった。

「あなたには言われたくありません。ビビアン・ウォンさん、あなたの性格をぼくがいまここで挙げてみましょう」

「はっ？　なによ、それ？」

「あなたはなによりも自分を信じています。自信家でプライドが高い。他人の指図など受けたくないから、自分の行動は自分で決める。そうではありませんか？」

ビビアンは突然水が止まらなくなった蛇口を見るような奇異な目で右京を見やった。

「そ、そうだけど、悪い？　ちゃんと自覚してるわよ。ウキョウだって同じようなものだと思うけど」

「その割にあなたは人を信じやすい。お人よしなんですよ。他人から強く迫られると断りきれないところがある。単独行動を好むのは、他人から干渉されたくないからという理由もあるのでしょう。ひと言でまとめるなら、人づきあいが下手」

「なによ、失礼ね。どうしてわたしが人づきあいが下手って話になるわけ？　これまでだって、ボーイフレンドに不自由した覚えはないんだから。なぜか、それ以上の深い関係になれないのが悩みといえば悩みなんだけど。あら、わたしって人づきあいが下手なのかしら」

　女刑事の自問自答を無視して、右京が続けた。

「正義感が強く、不正を許さないという点は警察官に向いていると思いますが、そそっかしく、早とちりが多いのは、警察官としてどうでしょうかねえ」

「わたしのどこがそそっかしいのよ。そりゃあ、左右別のパンプスをはいて捜査現場に行っちゃったことはあるけど、それだってただの一回だけなんだから。それぐらいはウキョウだって経験あるでしょ？」

「ありません」右京は一言《いちごん》で切り捨て、「なによりあなたの性格はとてもわかりやすい。

昨夜会ったばかりのぼくですら、これくらいわかってしまうのですからねえ。少しでも一緒に行動した人ならば、誰でも見抜けるに違いありません」

「それって、まるでわたしが馬鹿みたいじゃない。わたしだって、そこまで単純じゃないんだから。たしかにあなたに比べると、少しくらいはわかりやすいかもしれない。でもね、逆に言えば、ウキョウのほうがわかりにくすぎるのよ。偏屈で、頑固で、慇懃無《いんぎんぶ》礼《れい》で、けちだし。どう、反論できるものなら、してごらんなさいよ」

右京は真剣な顔になると、「おおむねあたっていると思いますが、けちというのは納得できませんねえ。撤回を求めます」

「わかったわよ。ちょっと口がすべっただけ。やっぱり、わたしってそそっかしいのかもしれない」

「その素直さがあなたの美点です」

「ようやくほめてくれたわね。で、これはいったいなんだったの。心理学の先生に会ったとたん、他人の心理を覗いてみたくなったってわけ？」

「そういうわけではありません。素人のぼくですら、素直でわかりやすいあなたの性格はかなり把握できます」

「やっぱりわたしを馬鹿にしてるのね」

ビビアンが語気を強めた。

「それはともかく、昨日のことを細大漏らさず教えていただけませんでしょうか」

右京が生まじめな声で求めた。

「それは別にいいけど、どこから？」

「シリアルキラーYのパトロールをはじめるところからお願いします」

「わかったわ。そんなに聞きたいのなら、こと細かに教えてあげる。犯行予測日が近づき、三日前から香港中に厳戒態勢が敷かれていたのは言ったわよね。それでも最初の日、二日めはなにも起こらず、昨日を迎えたの。昨日は直近の犯行から十五日めにあたり、元々犯行のリスクが一番高いと考えられていた。レスリーも自分の予想が正しいかどうか確かめてみたいって、同行を申し出てくれたの。それで一緒にパトロールをすることにした。ディックは一般人を巻きこむのに反対だったけど、いつものわたしのやり方を知っているので、見て見ぬふりをしていた。こんな調子でいいかしら？」

ビビアンが話を切って、右京に確認した。

「ええ、かまいません。わからないことがあれば、ぼくから質問します。ちなみに、ラウ博士が捜査に同行したのは昨日がはじめてではなかったのでしたよね？」

「それ以前からYのプロファイリングなんかには協力してもらっていたけど、実際にパトロールに同行するのは昨日が二回めだったわ」

「最初のときにもラウ博士のパートナーは、ビビアン・ウォンさん、あなただったのでしょうね？」

「そうよ。それで今回もわたしを指名してくれたわけ。波長が合うって感じてくれたのかしら」

「昨日はラウ博士とどこで何時に待ち合わせましたか？」

「午後五時に油麻地《ヤウマテイ》にあるレスリーの事務所で。わたしが着いたときには急用ができたとかで彼は外出中だった。秘書に招き入れられて事務所で待っていたら、十五分ほど遅れて入ってきたわね」

右京はいまのビビアンのことばをじっくり考えてから、続きを促した。

「そんなことがありましたか。続けてください。たしか、警察車両が故障したのでしたねえ」

「レスリーをわたしの車に乗せて出発しようと思ったら、トラブルが発生した。車が動かないのよ。機械には強くないからレスリーに見てもらったら、点火プラグに不具合があるらしいって。すぐに直すのは難しいって言うから、レスリーの車を借りることにしたの」

「そうでしたか」右京は再び考えこむと、しばらくして「あなたがたは昨日、どこを巡回されたのでしょう？」

「これまでの経験から、犯行現場はＭＴＲの沿線という可能性が高かった。一件めの元《ユン》朗《ロン》はMTR西鐵線《サイテイエ》、一件めの沙田はMTR東鐵線《ドンテイエ》、三件めの荃灣《ツエンワン》は地下鉄MTR荃灣線、そして四件めの柴灣《チャイワン》は地下鉄MTR港島線《ゴンドン》で起こった。どれも線が違うでしょ。だから、今回も別の沿線が狙われるのではないか、というのが捜査本部の見解だった。まだ、いくつか線は残っていたので、捜査チームごとに分担したの。わたしたちの分担は迪士尼《ディズニー》線だった。東涌《トンチョン》線から枝分かれして、ディズニーランドへ向かっている線ね。迪士尼駅に着いたのが六時過ぎだったかな。この季節、ディズニーランドは九時まで開園しているから、もし犯行が起こるなら、閉園して人通りが少なくなってからだろうと思い、車の中で待機してたの。ところが閉園して一時間も経つと、ディズニーランドのスタッフも帰ってしまい、人っ子ひとりいなくなってしまった。人がいないところで事件が起こるはずもないでしょう。どうしようかと思っていたら、レスリーが対岸を見つめて、もしかしたら次の犯行は街の中心部で起こるかもしれないって言ったのよ。四時間かたときも目を離さなかったから、疲れたわ」

「かたときもですか、それはすごい。ぼくも張り込みは得意なほうですが、つい集中力を切らせてしまうことがありましてねえ」

右京が大げさに感心すると、ビビアンはかすかに頬を赤らめてうわ目づかいになった。

「本当のことを言えば、ほんのちょっぴりうとうとしたみたい」

「おやおや、疲れが出たのでしょう」

「そうかもしれない」

「お腹が膨れても眠気が湧きますが、なにか口に入れたりは？」

「張りこみの途中に食べたりするもんですか。眠気を防ごうと思って、コーヒーを飲んだだけよ」

「コーヒーですか」

「気がきくレスリーが買ってきてくれたのよ。でも、わたしには効かなかった。カフェインを摂取すると眠気が飛ぶなんて、迷信じゃないかしら」

「ぼくはもっぱら紅茶ですが、それはともかくラウ博士が発言したところから、続きをお願いできますか？」

「いいわ」ビビアンは舌で唇を湿らせると、「たしかに街の中心部は盲点といえば盲点だった。もちろん捜査員は配置していたけど、薄暗い路地や人通りの少ない場所はいくらでもあるじゃない。そしてなによりも、ターゲットとなるロングヘアの女性がたくさんいるわ。少なくとも人っ子ひとりいない真夜中のディズニーランドでただ待っているよりは、市街地でパトロールしたほうがYに出会う可能性は高いと思った。だから、移動したの。比較的警備の手が薄い海岸沿いをパトロールしようということになって、海べりの道を車で流していた。ケリーの遺体が発見された埠頭に着いたのが十一時三十二分。ここはICCビルの近くで、範囲が広かったから、レスリーと手分けして調べたわ。

わたしが海のほうを見て、レスリーがビルのほうを見回った」

右京が手で制止をし、質問した。

「そのとき、ケリーさんの遺体は見つからなかったのですね？」

ビビアンが力強くうなずいた。

「懐中電灯で海面まで照らしたから間違いないわ」

「オレンジ色のボートに記憶はありませんか？　ウー・ロンヤンのボートですよ」

「あのときにはボートのことなんか眼中になかったからなあ。船はいくつか浮かんでいた記憶があるけど、あのボートがあったかどうかはなんとも言えない」

「ごもっとも。ラウ博士のほうはどうだったのでしょう？」

「レスリーのほうが時間がかかっていたわね。わたしが車に戻って数分経ってから、戻ってきた。ICCビル方面でもあやしい男は見なかったって。実際はあのとき、どこかでウーが息を殺してわたしたちを見ていたのよね。たぶん傍らにケリーの遺体をかかえて。そう考えると悔しくてしかたがないわ」

ビビアンが地団太を踏む。

「そのあとはどうしましたか？」

「引き続き海岸沿いをパトロールして、紅磡《ホンハム》から海底トンネルで香港島に渡ったわけ。出口が銅鑼灣《コーズウエイベイ》だったから、ヴィクトリア・パークはすぐ近くだった。あとはウキョウも知っているでしょ」

「ええ、知っています。ヴィクトリア・パークに寄ろうと提案されたのもラウ博士ですね？」

「そうよ。まさかウーが先回りしているなんて思ってもみなかった。でも、結果的にはレスリーの勘が冴えていたわけよね。後手には回ってしまったけど、九龍の埠頭だってあてたわけだし。犯罪心理学者ってすごいわね」

感心するビビアンに右京が同意した。

「まったくもって同感です。ひとつ、確認していただきたいことがあります」

「なによ？」

「例のボートですが、指紋がどんな状態だったか、問い合わせてみてもらえませんか。特に船外機のハンドル部分、グリップやシフトレバーのあたりの指紋が気になります」

そう言って、ビビアンに携帯電話を渡す。ビビアンに貸すのはこれで三回めである。

「わかったわ。ちょっと待って」

ビビアンが怪訝《けげん》そうな顔で携帯電話を操作し、中国語で通話をはじめた。二分後、通話を終えた女刑事は右京に報告した。

「見つかったのはウーの指紋だけで、他人の指紋はなかったそうよ。ただ……」

「ただ、どうしました？」

「ウキョウが気にしている船外機のハンドル周りの指紋は、なぜかかすれて不鮮明になっていたって」

「思ったとおりです」メタルフレームの奥の右京の瞳が輝いた。「では、行きましょう」

5

油麻地《ヤウマテイ》は香港の下町だった。狭い路地には小さな食べ物屋や商店が軒を並べ、揚げ油のにおいに満ち中国語が飛び交っている。朱色と黄色に彩られた派手な看板は繁体字の漢字にあふれ、ここでは英語がなんの役にも立たないことを思い知らされる。路地に溢《あふ》れた庶民たちの織りなす喧噪《けんそう》と人いきれも手伝って、異国人にとっては魅力と恐怖が同居する迷宮めいた街である。高層ビルやコロニアル様式のホテルが立ち並ぶ尖沙咀《チムサアチヨイ》からいくらも離れていないのに、ここはまったくの別世界、活力漲《みなぎ》る中国的カオスの中心だった。

そんな油麻地もメインストリートは近代的なビルが目立つ。ビルの合間からICCビルが意外とすぐ近くに見えた。レスリー・ラウの事務所はそんなとあるビルの最上階に入っていた。

「このビルよ」

ビビアンがずんずん入っていく。ふたりはエレベーターで最上階まで昇った。フロアに部屋はふたつしかなく、そのうちのひとつがレスリー・ラウの事務所だった。秘書に案内された応接室でソファに座って待つ。応接室には虎のはく製が飾られ、ガラスケースの中に高価そうな陶磁器がいくつも並んでいた。

まもなく犯罪心理学者がやってきた。おもむろにソファに座ると、上半身を前に乗りだした。

「どうしましたか？　事件はもう解決したのではありませんか。後味の悪いエンディングになってしまったけれど、あれは不可抗力でした」

落ち着いた声で語るレスリーに、右京が真っ向から反論した。

「ぼくはあれが不可抗力だったとは思っていません」

「レスリー、ここへ来る前にウキョウからすべて聞いたわ」

ビビアンが悲しげな目をレスリーに向けた。

「なにを聞いたのですか？」

とぼけたように応じるレスリーに、右京が告げる。

「シリアルキラーYの本名はウー・ロンヤンでした。ウォン刑事がウー・ロンヤンを射殺したのは、誰かがそう仕向けたから。ぼくはそう考えています」

レスリーは鼻で笑った。

「なにを言っているのですか。たしかあなたも目撃しましたよね。トイレからやつが突然飛び出してきて、ウォン刑事に襲いかかるところを」

「その場面はぼくも見ました。しかし、その前にあなたがトイレに行くところも見ています。ウー・ロンヤンはトイレに閉じこめられていたのではないでしょうか。それをあなたがあのとき解き放ったのですよ」

「馬鹿馬鹿しい。それなら訊きますが、どうして私がそんな面倒なまねをしないといけないのですか？」

「ウー・ロンヤンに罪を着せるためですよ。ケリー・リーさんを殺したのはウー・ロンヤンではありません」

「寝言を聞いている暇はありません。帰ってもらえますか」

「あなた、まだとぼけるつもりなの？」

ビビアンが声を荒らげるのをさえぎって、右京が静かに告げる。

「たしかに、ケリーの死亡推定時刻は昨夜の十時頃。あなたは昨夜ずっとビビアンと一緒にいたので、一見犯行は不可能に思えます」

「そう、私に犯行は不可能だった」

犯罪心理学者は軽い嘲笑を浮かべるとソファから立ちあがった。

「警察官がアリバイを証言してくれるのですからねえ。これほど理想的な証人はいません。しかし、あなたの鉄壁のアリバイは崩れました。ラウ博士、あなたがケリー・リーさんを殺したのですね」

右京が落ち着いた声で告発した。

「くだらない。私はそんな戯言《ざれごと》に付きあっている時間などありません」

立ち去ろうとするレスリーの背中に、ビビアンが呼びかけた。

「待って、レスリー。あなたが無実なら、逃げる必要はないはずよ。ウキョウの話を聞いてみたらどうなの。逃げたら彼の言い分を認めたと見なすから」

ビビアンにそこまで言われると、レスリーも立ち去るわけにはいかなくなった。日本人刑事に恨みのこもった一瞥《いちべつ》をくれると、ソファに座りなおした。

レスリーの射るような視線を前に、右京がおもむろに口を開く。

「ラウ博士がウォン刑事と組むのは昨日がはじめてではなかったとお聞きしました」

「そうよ、二回めだった」

ビビアンがすぐに裏づける。

「最初にパートナーを組んだとき、ラウ博士はウォン刑事の性格を完全に把握したのでしょう。こう言ってはなんですが、ウォン刑事は非常にわかりやすい性格をなさっています。優秀な心理学者であるラウ博士にとっては、たやすく理解できたと思います。このときラウ博士は、ウォン刑事をアリバイ工作に巻きこむ決断をしたのでしょう」

あけっぴろげな性格をたびたび話題にされ、ビビアンは唇を強く嚙んだが、言い返しはしなかった。

右京は犯罪心理学者を見すえて推理を語った。

「あなたは犯罪の周期性を指摘して、シリアルキラーYの次の犯行日を昨日だと予測します。さらにことば巧みに説得し、再びウォン刑事とパートナーを組みます。そして、ディズニーランドへ向かったのです」

「そのとおりです。ケリーが殺されたのは確か十時頃でしたよね。私たちはその頃ディズニーランドにいました。海を隔てた場所にいて、どうやって私がケリーを殺したと言うのです?」

レスリーが静かに訴えた。

「あなたはわたしにコーヒーを買ってきてくれたじゃない。親切だなと思ったら大間違いだった。あの中に睡眠薬が入っていたのね。おかげでふいの眠気に襲われたわ」

悔しそうに回想するビビアンに、右京が追い打ちをかける。

「そうでしょうねえ。ウォン刑事、あなたは人を信じやすいうえに、少々意地っ張りです。薬を混ぜたコーヒーを飲むように仕向けるのは簡単だったと思いますよ。しかも、捜査中につい居眠りをしていたなんて、よほどのことでもないかぎり自分から漏らすはずがない。ラウ博士はそんなあなたの性格を利用したわけですよ」

レスリーは自分が糾弾されているにもかかわらず、半笑いを浮かべていた。

「仮にウォン刑事がうたた寝をしたとして、九龍《カオルーン》にいるケリーをどうやって殺すんです？　対岸の九龍の埠頭まで船で往復して犯行に及んだとでも？　言っておきますが、私たちのパトロール場所にディズニーランドが割りあてられたのは、捜査本部の意向です。事前には知らなかったのに、前もって船を準備しておくことなどできませんよ」

「わかっています。ところで、昨日のウォン刑事との待ち合わせに、あなたは十五分ほど遅れて入ってきたそうですね。どこへ行かれていたのでしょう？」

右京のこの質問でレスリーの顔に動揺が走った。

「そんなことまで答える必要はないだろう」

憤然と言い放つレスリーに、右京が作り笑顔で応じる。

「そうでしょうねえ。ウォン刑事の車が動かないように細工していたなんて、答えられないでしょう」

レスリーは憎々しげに日本人刑事をにらみつけるだけで、言い返さなかった。

「そう、あなたの車は故障したのではなく、故障したように見せかけられたのですよ。マフラーになにか詰めましたか？　もちろんそんな子ども騙しのような手がいつまでも通じるはずがありません。ウォンさんの車に乗りこんだあなたは、点検するふりをして、改めて点火プラグに細工を施したのでしょう。車に詳しくないウォン刑事はまんまと騙されてしまったわけですよ」

「そう、見事に騙されたわ」ビビアンが認めた。「自分の車を使うためだったのね。見破れなかったわ。わたしの車はそのあと自分で修理したのかしら。わざわざ警務処本部まで届けてくれてありがとう」

ビビアンは皮肉を言ったが、レスリーは聞こえないふりをした。右京が推理を続ける。

「あなたはアリバイを作るために、どうしても自分の車を使う必要があった。なぜならば、トランクにケリー・リーさんが入っていたからです。おそらくリーさんは身動きがとれないように、ロープかなにかで縛られていたのでしょう。ラウ博士は昨夜十時頃ウォン刑事が寝こんだのを確認すると、トランクを開けて、ロングヘアのかつらでケリー・リーさんを絞め殺しました。そのうえで、準備していたサバイバルナイフで彼女の腹部に傷をつけたのです。十時の時点で九龍からなるべく離れた場所にさえいれば、パトロールの場所はどこでもよかったわけです」

レスリーは無言だった。意志の力で表情を抑えこんでいるようにも見える。

「あのあとわたしたちは死体を車に載せたままパトロールを続けていたなんて、考えるだけでぞっとするわ」

ビビアンに同情を示すようにうなずいて、右京がことばを継ぐ。

「九龍の埠頭でウォン刑事が海のほうへ見回りに行ったとき、あなたは遺体をトランクから降ろしました。そしてウォン刑事と入れ替わりに海へ行き、そっと海面に流したのでしょう。昨夜確認しましたが、車は埠頭のすぐ隣まで近づけますねえ。そこに停めれば、遺体を運ぶといってもわずかな距離です。船に乗り降りするためでしょうが、埠頭には階段が刻んでありました。あの階段を利用すれば、遺体を投げ入れずにそっと遺棄するのも難しくありません」

「海岸線に沿ってパトロールしたのは、遺体を遺棄できる場所を探していた。そういうことね？」

「そうでしょうねえ。たまたま九龍の埠頭に邪魔者がいなかったので、あそこを犯行現場に仕立てあげたのです。あの時間の九龍駅からならば、ＭＴＲで三十分もあればヴィクトリア・パークにたどり着ける。あなたはそう読んで、時間を調整しながらヴィクトリア・パークにウォン刑事を誘導します。そして最初に言ったように、トイレに閉じこめていたウー・ロンヤンを解放したのでしょう。トイレから出てきたとき、ウー・ロンヤンは足元がふらついていました。もしかしたら、あなたは彼にドラッグの類《たぐい》を与えていたのではないですか？」

表情を殺したまま沈黙を守っているレスリーに向かって、右京が微笑みかける。

「ご存じでしたか。昨夜はふいにトラブルが発生して、ＭＴＲは十一時過ぎから一時頃まで全線でストップしていたようです。ウォン刑事は昨夜、ウー・ロンヤンはＭＴＲで先回りしたのだろうとおっしゃっていましたが、それは不可能だったのですよ」

レスリーにうろたえる気配はなかった。沈着な口調で弁明をはじめる。

「あなたは妙な妄想に取り憑《つ》かれているようですが、私はケリーを殺してなどいませんよ。昨夜申し上げたとおり、ケリーを殺したのはシリアルキラーＹです。本名はウーと言うのですか？　それも私ははじめて知りました。ＭＴＲが使えなかったのならば、ウーは船を使ったのではないでしょうか。おそらく九龍の埠頭に泊めておいて、わたしとウォン刑事の話を聞いたのちに、その船で銅鑼灣《コーズウエイベイ》の埠頭まで急行したのでしょう」

「そう、船ですよ。今日、ウォン刑事と一緒にラマ島へ行き、ウー・ロンヤンが身を寄せていた〈ラマ・フィッシング・サービス〉という会社を見つけました。経営者のアンディ・ワンさんの話では、ウー・ロンヤンは昨日三時頃、オレンジ色のボートに乗ってどこかへ行ったまま、今朝になっても帰ってこないという話でした」

右京がラマ島の話を持ち出すと、犯罪心理学者の頬がぴくぴく震えた。

「ウーはラマ島にいたのですか？」

「おやおや、しらばっくれるおつもりですか。犯罪心理学者ならば気づかなかったはずがありません。ウー・ロンヤンにＹの頭文字はあてはまりません。彼の生まれ故郷である南丫島《ラマ》の丫という字でした。犯行日が旧暦十日と二十五日の長潮にあたることも、きっと気づいたでしょう。そして、捜査当局よりも先にウー・ロンヤンに接触したのですね。そして、お金でもちらつかせて、昨日九龍の港へ呼び寄せたのではありませんか？」

「九龍の港？　銅鑼灣ではなく？」

ビビアンが疑問を呈した。ビビアンはここに来るまでに右京からおおまかな説明を聞いていたが、細部までは確認していなかったのだ。

「ええ」右京は軽くうなずくと、再びレスリーのほうを向いて話を続けた。「あなたのシナリオでは、九龍の埠頭でケリーを手にかけたウー・ロンヤンは、ＭＴＲでヴィクトリア・パークへ先回りする予定でした。したがって、銅鑼灣にウー・ロンヤンのボートがあると辻褄《つじつま》が合わなくなります。しかも、昨日の午後、銅鑼灣には六時頃までクルーザーが係留されていたはずですから、物理的にもあの場所には係留できなかったはずです」

「そうだったんだ」ビビアンが納得した。「わたしはウーが銅鑼灣にボートで乗りつけた時刻を深夜〇時頃だと思っていたから、不思議に思わなかったけど、レスリーがわたしと会う前にウーと接触していたのなら、おかしなことになるわね」

「ラウ博士」右京は引き続きレスリーに語りかけた。「ここ油麻地からＩＣＣビルが大きく見えましたね。九龍はすぐ近くなのですね。あなたは昨日の午後、九龍港でウー・ロンヤンをピックアップしたのでしょう。そして、ヴィクトリア・パークへ連れていき、公衆トイレの中へ閉じ込めておいた。その後もシナリオどおりに進んでいたのに、思わぬところで齟齬《そご》が出てしまった。今朝のニュースで昨夜のMTRのトラブルを知ったあなたは、このままではウー・ロンヤンにアリバイができてしまうと気がついたのですね。あなたはシナリオを急きょ書き替え、今日になって九龍から銅鑼灣までウー・ロンヤンのボートを移動させたのです」

「ウキョウが船外機の指紋を気にしていた意味がようやくわかったわ。指紋がかすれていたのは、レスリーが最後に触ったからだったのね！」

ビビアンが手を打った瞬間、レスリーが大声を出した。

「言いがかりです。これまでの話はすべてこの日本人の想像で、なにひとつ証拠がないじゃないですか！」

「それでは、レザーバッグを拝見してもよろしいでしょうか？　昨夜ヴィクトリア・パーク前で車を降りたとき、あなたはレザーバッグをお持ちでした。おそらく中にサバイバルナイフが入っていたはずです。ケリー・リーさんの腹部に傷をつけるのに用いられたナイフで、公衆トイレで解放するときにラウ博士からウー・ロンヤンに手渡されたのでしょう。その凶器を持ち運ぶのに使ったレザーバッグからは、ケリー・リーさんの血液が検出されるのではないかと思いますよ」

「レスリー、レザーバッグを見せて」

ビビアンが迫ると、レスリーがうそぶいた。

「そんなバッグ、覚えがありませんね」

「なるほど」右京が立ち上がる。「もう処分してしまいましたか。では、車はどうでしょう？　いくら防水シートかなにかを敷いていたとしても、ケリー・リーさんを長く閉じこめていたトランクからは血痕や髪の毛などが見つかるのではないですかねえ。血液などはいくらきれいに拭き取ったつもりでも、化学検査を実施すればわかってしまうものですよ」

「そうよ」ビビアンが同調する。「車を調べさせてもらうわ」

レスリーが鼻を鳴らす。

「中国本土の知り合いが欲しがっていたので、今朝売り払いましたよ。今頃はもう検問を越えて中国本土に入ってしまったでしょう」

「なんだか、用意周到ね」

「たまたまタイミングが一致しただけですよ」

長髪の女刑事が嫌みを言っても、柳に風だった。しかし、慌てないことでは右京のほうが上手だった。

「ウォン刑事は本当にそそっかしいところがありましてね。昨夜、どこかに携帯電話を忘れたそうなんですよ。それで、さっきウォン刑事の携帯電話に発信してみたんですよ」

右京のことばをビビアンが引き継ぐ。

「どこにあったと思う。あなたの車の中よ。警務処本部から九龍の埠頭へ向かうときに落としたみたい。電話には見知らぬ男の人が出たわ。あなたが車を売った相手は親切な人ね。それともわたしが女だったから、なにかよからぬ下心でも抱いているのかしら。もうじき、ここへ届けてくれるはずよ。もちろん、あの車でね」

「トランクの中が気になるあまり、助手席の周辺を検めるのを怠ってしまったのでしょうかねえ。鑑識も呼んでいますから、車が到着次第、トランクの中を徹底的に調べます」

「あなたはわたしの性格を読み、あそこでウーが襲ってきたら、わたしが銃を撃つと計算したのね。実際そのとおりになったけど、わたしが銃を抜かなければどうするつもりだったの？」

「それは……」

言いよどむレスリーに代わって、右京が答える。

「もし、あなたが銃を抜かなかったら、あるいは銃を撃ったにしても急所を外していたら、あなたはウー・ロンヤンに殺されていた可能性が高いでしょう。しかし、ラウ博士にとってはそれでもかまわなかったのですよ。その場合は博士があなたの銃を奪って、ウーを射殺すればいいのですから」

レスリーの顔は蒼白になっていた。

「その顔を見れば一目瞭然。どうやら、ウキョウの勝ちだったようね。悪あがきはやめて、白状したほうが身のためよ。あなたがどうやってわたしを欺いたのかはウキョウの説明でよくわかったけど、動機がわからないわ。どうして、ケリーを殺さなければならなかったのよ？」

ビビアンが自白を迫ったが、レスリーは顔を背けて答えようとしない。「おそらくあなたとケリーさんは交際されていたのではないでしょうか」右京がレスリーに問いかけた。「ケリーさんのパソコンのパスワードはＬＹＣ０７１７でした。調べてみたのですが、あなたの誕生日は七月十七日ですね？」

「それがどうした？　偶然の一致だろう」

ソファから立ち上がったレスリーがつっぱねると、右京がさらに続けた。

「数字の前のＬＹＣ、これはあなたの中国名ラウ・インチョイの頭文字と合致します。ここまで偶然に一致するものでしょうかねえ」ビビアンが心理学者の心理を読んだ。

「妻子持ちのあなたにとって、教え子との不祥事は立派なスキャンダルになるんじゃないの？　行政長官を目指しているあなたにとって、かつての恋人であったケリーはいつ爆発するかわからない危険な爆弾も同然だった。だから、邪魔者を排除した。違うかしら」

レスリーが諦念のこもった目を女刑事に向け、頭を下げた。

「そのとおりだよ。ケリーと交際していたが、私のほうから別れをきりだした。別れてしばらくしてから彼女は私を脅したんだ。だから、殺さなければならなかった。うまくシリアルキラーの犠牲者に見せかけることができれば、ウーに罪を着せられると思いついた。そのためにはウーにも死んでもらわねばならない。正当防衛とはいえ、きみに人殺しという重い十字架を背負わせてしまったことは申し訳ないと思っている」

「まったくよ。とんでもないとばっちりだわ」

高ぶった感情ゆえか、ビビアンの語尾は震えていた。

「ウキョウの言ったことはよくわかったけど、相手は凶器を持った連続殺人鬼よ。この腰抜け男がそう簡単にウーを騙せたとは思えないけど」

「ラウ博士は金でウー・ロンヤンを掌握していたのでしょう。ですからラウ博士には逆らえなかったのですよ」

レスリーは床に這いつくばると、がっくりと頭を垂れた。さらに、右京が語る。

「ウォン刑事はラウ博士がケリー・リーさんを殺した動機を脅迫に求めましたが、本当にそれが正しいのでしょうか」

「え、違うの？　でも他に動機なんてあるかしら？」

「思うのですが、今回のシリアルキラーYのプロファイリングを行ったのは、ケリー・リーさんではなかったのでしょうか。どうです、ラウ博士?」

右京が問いかけても、レスリーは肩を震わせるばかりで答えは返ってこなかった。

「警察から協力を要請されても、あなたはプロファイリングに失敗したのではありませんか。そんなときにあなたの信奉者であるケリー・リーさんが説得力のあるシリアルキラーYのプロファイリングに成功した。そして、あなたはそれを自分の考えとして世に発表した。違いますか?」

「すみません」レスリーが涙声で謝る。「盗むつもりはなかったんです。ただ、ケリーからいいタイミングでメールが来て……そこにはシリアルキラーYに関する詳細な分析が記述されていました。傷跡はYをかたどっているのではなく、Yではないかというのもケリーの推理でした。ラマ島の漁師関係者で長い黒髪の母親に虐待された若い男……ケリーの見立てはすべて的中していました。私はそれを自分の考えとして小出しにして……」

「学問の世界において盗用は非常に重い罪ですからねえ。警察への協力者としてメディアにも登場していたあなたは、後輩の研究者に抜かれてしまい、屈辱的な気持ちになったのではないですか?」

もはや名声も地に落ちた犯罪心理学者が、力なくうなずく。

「九龍の埠頭で一度会いたいと誘うと、ケリーは疑うようすもなくやってきました。昨日の午後三時半でした。殴って気絶させ、手足を縛り、目隠しと猿轡《さるぐつわ》をしてトランクに放りこんだところへ、ちょうどウー・ロンヤンが現れました。あとはあなたが推測されたとおりです」

「シリアルキラーYのしわざに見せるため、ロングヘアのかつらを準備したのは、あなたですね」

「ええ……それで彼女の首を……」

「ケリー・リーさんはいまでもあなたを尊敬し、また愛していたのでしょう。彼女はあなたに手柄をとらせたかった。だからこそ、わざわざメールという手段であなたにシリアルキラーYのプロファイリング結果を送ったのですよ。ケリー・リーさんのパソコンにはシリアルキラーYに関するファイルが残っていませんでした。おそらく彼女が自分で削除したのでしょう。脅すつもりの人間がそんなことをするとは到底思えません。あなたは自分自身の影に脅えていたのですよ」

右京のことばはレスリーの胸をえぐった。ことばを失った犯罪心理学者の喉から嗚咽《おえつ》が漏れる。豪勢すぎる応接室に、レスリー・ラウの嗚咽だけが大きく響いた。

「ウキョウ、ありがとう。おかげで事件は無事に解決できたわ」

レスリーを警務処本部に連行したあと、ビビアンが頭を下げて礼を言った。

「とんでもない。出すぎたまねをしたのではないかと反省しています」

「ところでウキョウはいつレスリーに疑いを抱いたの?」

「昨夜、ヴィクトリア・パークの前で車から降りてくるのを見たときでしょうかねえ。ラウ博士は車から降りるなり、わざわざ車のうしろを回って公園へ向かいました。入り口は車の前方にあるのに、まるでむだな動きです。トランクになにか問題があるのかな、と引っかかりました」

「最初からあやしいと思っていたってこと?」

ビビアンが目を丸くする。

「もちろん、そのときは小さな引っかかりを覚えただけです。しかしその後、九龍の埠頭で疑念は大きくなりました。ケリーさんの死亡推定時刻は十時前後だったにもかかわらず、あなたたちがパトロールした十一時半に遺体が海に浮かんでいなかったことに関して、ラウ博士はこう言いました。『サイコパスにとって、遺体を弄ぶことはこのうえない快楽です。Yはケリーを殺し、時間をかけて遺体を切り裂いていたのでしょう』」

「ええ、たしかにそんなことを言っていたわね。覚えているわ」

「このことば、一般的なサイコパスの場合であればあてはまるのですが、Yの場合は憎悪の対象である母親への復讐が目的で、ロングヘアの女性の殺人はその代償行為でした。

少なくともラウ博士はそう説明していました。そんなシリアルキラーが、快楽で遺体を弄んだりするでしょうか？　ラウ博士のあの発言を聞いたとき、彼がなにかを隠していると確信しました」

「犯罪心理学者顔負けの分析ね。さすがウキョウ、わたし以上の変わり者だわ」

「そんなことはありませんよ」

「ありがとう。本当に助かったわ」

ビビアン・ウォンが手を差しだす。

「どういたしまして。ぼくも勉強になりました」

香港警察の女刑事と握手を交わしながら、右京は明日の予定を頭にめぐらせていた。

たしか、あすは競馬の開催日。ハッピー・ヴァレーの競馬場に足を運ぶのも一興かもしれない。

杉下右京《すぎしたうきよう》のアリバイ　朝日文庫

2017年3月30日　第1刷発行

著　者　碇《いかり》 卯《う》人《ひと》

発行者　友澤和子
発行所　朝日新聞出版
〒104-8011　東京都中央区築地5-3-2
電話　03-5541-8832（編集）
03-5540-7793（販売）
印刷製本　大日本印刷株式会社

定価はカバーに表示してあります

ISBN978-4-02-264841-9

朝日文庫

相棒season4（上）
脚本・輿水　泰弘ほか／ノベライズ・碇　卯人

極悪人・北条が再登場する「閣下の城」、オカルティックな「密やかな連続殺人」、社会派ミステリの傑作「冤罪」などバラエティに富む九編。

相棒season4（下）
脚本・輿水　泰弘ほか／ノベライズ・碇　卯人

シリーズ初の元日スペシャル「汚れある悪戯」、右京のプライベートが窺える「天才の系譜」、人気のエピソード「ついてない女」など一一編。

相棒season5（上）
脚本・輿水　泰弘ほか／ノベライズ・碇　卯人

放送開始六年目にして明らかな〝相棒〟らしさを確立したシーズン5の前半一〇話。人気ドラマのノベライズ九冊目！〔解説・内田かずひろ〕

相棒season5（下）
脚本・輿水　泰弘ほか／ノベライズ・碇　卯人

全国の相棒ファンをうならせた感動の巨編「バベルの塔」や、薫の男気が読者の涙腺を刺激する秀作「裏切者」など名作揃いの一〇編。

相棒season6（上）
脚本・輿水　泰弘ほか／ノベライズ・碇　卯人

裁判員制度を導入前に扱った「複眼の法廷」をはじめ、あの武藤弁護士が登場する「編集された殺人」など、よりアクチュアルなテーマを扱った九編。

相棒season6（下）
脚本・輿水　泰弘ほか／ノベライズ・碇　卯人

特急密室殺人の相棒版「寝台特急カシオペア殺人事件」から、異色の傑作「新・Wの悲喜劇」「複眼の法廷」のアンサー編「黙示録」など。